海岱诗丛（第二辑）

诗赋单州

山东诗词学会
中共单县县委宣传部　编
单县文化和旅游局

中国书籍出版社
China Book Press

图书在版编目（CIP）数据

诗赋单州 / 山东诗词学会，中共单县县委宣传部，单县文化和旅游局编 . -- 北京：中国书籍出版社，2022.9

（海岱诗丛 . 第二辑；2）

ISBN 978-7-5068-9178-3

Ⅰ . ①诗… Ⅱ . ①山… ②中… ③单… Ⅲ . ①诗集－中国－当代 Ⅳ . ① I227

中国版本图书馆 CIP 数据核字（2022）第 163561 号

诗赋单州

山东诗词学会　中共单县县委宣传部　单县文化和旅游局　编

策　　划	毕　磊
责任编辑	毕　磊
责任印制	孙马飞　马　芝
封面设计	庄俨俨
出版发行	中国书籍出版社
社　　址	北京市丰台区三路居路 97 号（邮编：100073）
电　　话	（010）52257143（总编室）　（010）52257153（发行部）
电子信箱	eo@chinabp.com.cn
经　　销	全国新华书店
印　　刷	山东麦德森文化传媒有限公司
开　　本	787×1092 毫米　1/16
字　　数	4600 千字
印　　张	226
版　　次	2022 年 9 月第 1 版　2022 年 9 月第 1 次印刷
书　　号	ISBN 978-7-5068-9178-3
定　　价	480.00 元（全 12 册）

版权所有，翻印必究

海岱诗丛（第二辑）
《诗赋单州》编纂委员会

主　　编：赵润田
执行主编：阎兆万　陈福礼
编　　辑：辛崇发　马明德　贺宗仪

海岱诗丛·总序

经过一番忙碌，海岱诗丛终于面世了。山东诗词学会诸位同仁推我作序，欣欣然而从命。

海岱者，山东之谓也。这套丛书收录的是当下山东诗人及诗词爱好者刚刚创作的诗、词、曲、赋，花开千树，清露未晞，芳香浓郁。丛书出全，约费五年之功，达百册之巨，规模可类《全唐诗》，是新时代山东诗词创作的盛大检阅，亦是齐鲁诗坛俊逸之才的精彩展示。

山东地处黄河下游，历史悠久，文化厚重。在这片英雄的土地上，我们的先人创造了源远流长、光辉灿烂的文化。就诗词而言，从孔夫子删编《诗经》算起，两千多年来，历代诗人词家灿若群星，名篇佳作难以胜数，尤其出了刘桢、王粲、李清照、辛弃疾、张养浩、王禹偁、晁补之、李攀龙、谢榛、王士禛等宗师大家，皎如日月，彪炳诗坛。时至今日，齐鲁大地诗风甚盛。嘉节吉时，常见诗人雅会，乡镇社区，时闻吟诵之声，年无分长幼，皆以习诗为雅、能诗为荣。尤其近年党中央倡导弘扬中华优秀传统文化，诗词事业更得浩荡东风，千帆竞发，百舸争流，蓬蓬勃勃，一派兴盛气象。

山东诗词学会，成立于一九八四年，是在省民政厅注册登记的民间社团组织，隶属于省政协办公厅，以推动诗词繁荣为宗旨。面对先贤昔日辉煌，面对时代强力呼唤，面对文朋诗友殷切期待，二〇一九年四月，全省第四次会员代表大会提出，以习近平新时代中国特色社会主义思想为指导，团结奋斗，扎实工作，推动山东诗词事业持续健康发展，力争早日使山东诗词整体水平，与山东人口大省、文化大省、诗词大省的地位相匹配，与山东在全国经济社会格局中的地位相匹配，为实现省委、省政府提出的"走在前列，全面开创"的总体要求、为建设现代化强省贡献力量。围绕落实既定目标，于是就有了"六个一"活动，包括有了这套海岱诗丛。

所谓"六个一"活动，是省学会与县市区优势互补、互利共赢、联手推动诗词发展的一种合作模式。具体做法是，由县市区负担所需经费、组织人员、提供场地，而省学会在一年内为其提供六项服务。包括在该县市区举办一次高端诗词培训，邀请一批省内外著名诗词专家讲座，与文朋诗友面对面切磋指导；组织著名诗人进行一次采风活动，创作诗词曲赋，赞美该区域悠久历史、著名景点、淳厚风情；组织一次诗词有奖征文比赛，巩固培训成果，让风人骚客同场竞技、展示才华；策划一次集中宣传报道，在省以上报刊网站，全面推介该县区发展成就、经济优势、文旅特色、典型经验；正式出版一册诗集，汇纳该区域优秀诗作，展示诸位诗友胸襟才情，反映独特社会风貌；收集一套涵盖该县区历代诗人诗作资料，从先秦至民国，应收尽收，由省学会汇总编入《山东诗藏》，以资后世学习研究之用。

作为丛书，作者众，诗作多，规模大，则长短兼具，瑕瑜互见。优势在于，覆盖面大，代表性强，品类齐全，美不胜收。其中既有抗洪抗疫之时代强音，犹如黄钟大吕，振聋发聩，也有城乡工农之平凡生活，寓目辄书，情趣横生；既有春花秋月夏云冬雪传统美境，也有高铁航天手机网络现代意象。春兰秋菊，各擅胜场，慢慢品酌，各有妙处。正如一滴水可以折射太阳的光辉，当连续吟诵、沉湎欣赏，慨叹时代生活的丰富繁华，感受诗人词家的情感激荡之外，可以体悟各种抒发背后的骄傲与自信、悠闲与满足、宽容与厚重、开放与张扬，这些都是经历过大起大落、处在奋发向上环境中所特有的。它充满生机活力，属于我们这个特定时代。

丛书之长，恰恰亦为其短。诗坛耆老味道醇美之作，只是一类，书中还确有些初窥门径，几近处女之作，犹之孩童蹒跚学步，其作品稚嫩一目了然，此类作品在书中占有一定比重。省学会已注意到这个问题。非不为也，实不能也。要提高其质量，并非一日之功，而省学会精锐饱学之士也为数非多，难以具体指导，况且时间也不允许。面对这种境况，只要政治立场、情感基调无大偏差，格律说得过去，我们就放行录入。这就使得该书诗作参差不齐，确有个别作品可能难入法眼，只能请方家以允许百花齐放之博大胸襟，予以包容。然而依我浅见，对初学之人、年轻后辈，也未可小觑。一番勤学善思，"干之以风力，润之以丹彩"，有佼佼者成长为辛、李大家，也未可知。毕竟世间无奇不有，万事皆有可能！

相对既定目标，当前所为，不过刚刚开端，展望今后，任重而道远。但既然走出第一步，有了决心、行动、典型和经验，达成既定目标便没有任何游移和悬念。可以设想，五年又或六年，当所有计划项目都事功圆满之后，山东大地，会有更多的人喜欢诗词、吟诵诗词，创作诗词，诗词大军更加宏大而严整；海岱诗坛，会有更多精品力作，如泉喷涌，万紫千红，新干老枝愈益果实累累。那时，回望今日，我们会为自己做了正确而大有价值之事，而感到骄傲和自豪。

是为序。

赵润田

二〇二二年八月

序

中华诗词博大精深，源远流长。诗词蕴含传承着人们的心灵、智慧、品格、情操、抱负和修养。古诗词是穿越千年历史的美丽风景；是中华民族永远的精神财富。诗主灵性，它对于人们人格的形成、智慧的开发影响巨大。它传承着中华民族的民族精神，又是人们永远的精神家园。

自党的十八大以来，传承与发展中华传统文化成为党和国家的重要文化战略，已被提高到"治国理政"的高度，成为各级党委、政府工作的重要内容和全国人民共同参与的文化事业。习近平总书记指出："学诗可以情飞扬、志高昂、人灵秀"。认为："古诗文经典已融入中华民族的血脉，成了我们的基因"。因此，2017年1月，中央办公厅和国务院办公厅联合印发了《关于实施中华优秀传统文化传承发展工程的意见》，重申加强扶持中华诗词传统文化的重要性。

我们单县历史悠久，文化底蕴丰厚，是中华文明的早期发祥地之一。早在五帝时期，舜师单卷就隐居在这里，开化民智，弘扬善德。写下了中国人类历史上第一首诗《击壤歌》，播下了善德文化的种子。单父（单县）也因此而得名。唐代伟大的爱国诗人李白与杜甫联袂游历单父，与县尉陶沔和时在单父隐居而尚未发达的高适结伴射猎于孟渚泽畔。他们登琴台，游开山，夜饮栖霞山下孟氏桃园中，留下了不朽的诗篇。被传为千古佳话。

为了全面贯彻落实习总书记关于弘扬传统文化的号召，建设文化大县，文化强县，促进全县经济的发展，县委、县政府联袂山东诗词学会进行诗词文化培训，开展诗词大奖赛和诗词"六进"工作，收到良好的社会效果。在此基础上我们又联合编撰了诗集《诗赋单州》。这本诗集的付梓同样也是单县文化生活中的一件大事，它将对单县文化事业的发展，经济的振兴起着积极的助推作用。具有深远的历史意义和现实意义。感谢以赵润田同志为会长的省诗词学会！也感谢为《诗赋单州》积极撰稿，付出艰辛劳动的广大诗人和编辑工作者！

　　是为序。

中共单县县委书记　耿振华

目 录

◎ 海岱诗丛·总序

◎ 序

第一辑　单县研学采风作品

李树喜 ·· 01
　题四君子酒 ··· 01

江　岚 ·· 01
　庚子冬过单县访四君子酒厂因忆李杜高陶诸公 ········· 01
　庚子冬过单县浮龙湖参观四君子酒业藏酒洞 ········· 02
　庚子冬游浮龙湖，即李杜诸公游猎之孟渚泽也（古风）········· 02

耿建华 ·· 03
　咏单县百狮百寿坊 ································· 03
　玉漏迟·浮龙湖上 ································· 03
　访单县中医院有感 ································· 03
　再和阎兄庚子冬至 ································· 03
　半月台 ··· 04

郝铁柱 ·· 04

  四君子酒业集团观感 ·· 04

  单县老君庙观感 ·· 04

  游浮龙湖 ·· 04

  今到单县 ·· 04

阎兆万 ·· 05

  浮龙湖 ··· 05

  老牌坊 ··· 05

  单州游记（古风）··· 05

王厚今 ·· 06

  浣溪沙·酬单县中医院王守民院长（新韵）···················· 06

  喜四君子酒业传统酿造工艺突破 ··································· 06

  有感于山东诗词学会的大家来单县讲授诗词 ·················· 06

  附阎兆万先生诗 ·· 07

  庚子冬初 ·· 07

  耿教授诗 ·· 07

薄慕周 ·· 07

  观曹明冉老师作画（新韵）·· 07

  驾艇游浮龙湖 ··· 07

  临江仙·观看湖西纪念馆影像（贺铸体·新韵）············· 08

  浮龙湖拾句（新韵）·· 08

  单县百狮坊 ·· 08

  单县老君庙祭老君 ·· 08

  浣溪沙·单县朱家大院 ·· 08

  迎山东诗词学会专家来单县施教 ··································· 08

第二辑 "大美单县"征稿及获奖作品

陈福礼 ··· 09
    善园赋（新韵）·· 09
    单县羊肉汤·· 10
    江北第一洞藏酒·· 10
    陪游浮龙湖次韵和阎兆万先生······································ 10
    天下第一坊·· 10
    山东诗词学会专家学者莅临单县授课采风（新韵）············· 11
    庆祝菏泽市"两会"召开·· 11
    故道明珠浮龙湖（新韵）·· 11
    乡村记忆二首·· 11
    临江仙·暮年抒怀··· 12
    满江红·创建诗词之乡（新韵）····································· 12

田云川 ··· 12
    沁园春·单州咏··· 12
    崇文尚善拼搏奋进单县人（通韵）································ 13
    参观单县革命纪念馆抒怀··· 13
    咏享誉"小延安"称号的革命老区单县张寨（通韵）············· 13
    组织振兴（通韵）·· 13
    开山公园晨起（通韵）·· 13
    产业振兴·· 14
    乡村秋韵·· 14
    新型农民（通韵）·· 14
    沁园春·单县百狮坊·· 14

鹧鸪天·浮龙湖荷花节赏荷 ⋯⋯⋯⋯⋯⋯⋯⋯⋯⋯⋯⋯⋯⋯⋯ 14

蔡述金 ⋯⋯⋯⋯⋯⋯⋯⋯⋯⋯⋯⋯⋯⋯⋯⋯⋯⋯⋯⋯⋯⋯⋯⋯⋯⋯⋯⋯ 15

八声甘州·浮龙湖 ⋯⋯⋯⋯⋯⋯⋯⋯⋯⋯⋯⋯⋯⋯⋯⋯⋯⋯⋯⋯⋯ 15
访浮龙湖老君庙赠同仁 ⋯⋯⋯⋯⋯⋯⋯⋯⋯⋯⋯⋯⋯⋯⋯⋯⋯⋯ 15
浮龙湖堤头村社区老人宴 ⋯⋯⋯⋯⋯⋯⋯⋯⋯⋯⋯⋯⋯⋯⋯⋯⋯ 15
邀入尼山诗会赠东耳先生 ⋯⋯⋯⋯⋯⋯⋯⋯⋯⋯⋯⋯⋯⋯⋯⋯⋯ 15
四君子酒洞藏题 ⋯⋯⋯⋯⋯⋯⋯⋯⋯⋯⋯⋯⋯⋯⋯⋯⋯⋯⋯⋯⋯ 16
咏菊（新韵）⋯⋯⋯⋯⋯⋯⋯⋯⋯⋯⋯⋯⋯⋯⋯⋯⋯⋯⋯⋯⋯⋯ 16
龙湖晚钓 ⋯⋯⋯⋯⋯⋯⋯⋯⋯⋯⋯⋯⋯⋯⋯⋯⋯⋯⋯⋯⋯⋯⋯⋯ 16
咏　蝉 ⋯⋯⋯⋯⋯⋯⋯⋯⋯⋯⋯⋯⋯⋯⋯⋯⋯⋯⋯⋯⋯⋯⋯⋯⋯ 16
长相思·访贫（白居易体）⋯⋯⋯⋯⋯⋯⋯⋯⋯⋯⋯⋯⋯⋯⋯⋯ 16
踏莎行·秋住堤头村（晏殊体）⋯⋯⋯⋯⋯⋯⋯⋯⋯⋯⋯⋯⋯⋯ 17
临江仙·临沂慰问百岁尹老（徐昌图体）⋯⋯⋯⋯⋯⋯⋯⋯⋯⋯ 17

张清正 ⋯⋯⋯⋯⋯⋯⋯⋯⋯⋯⋯⋯⋯⋯⋯⋯⋯⋯⋯⋯⋯⋯⋯⋯⋯⋯⋯⋯ 17

贺单县荣获省级文明县称号 ⋯⋯⋯⋯⋯⋯⋯⋯⋯⋯⋯⋯⋯⋯⋯⋯ 17
排律·颂单县新农村（新韵）⋯⋯⋯⋯⋯⋯⋯⋯⋯⋯⋯⋯⋯⋯⋯ 19
赞单县百姓晨练（新韵）⋯⋯⋯⋯⋯⋯⋯⋯⋯⋯⋯⋯⋯⋯⋯⋯⋯ 19
赞单县老年公寓（新韵）⋯⋯⋯⋯⋯⋯⋯⋯⋯⋯⋯⋯⋯⋯⋯⋯⋯ 20
颂单县中心医院副院长叶永强博士（新韵）⋯⋯⋯⋯⋯⋯⋯⋯⋯ 20
颂单县环卫工人（新韵）⋯⋯⋯⋯⋯⋯⋯⋯⋯⋯⋯⋯⋯⋯⋯⋯⋯ 20
单县县委县府授予尚舜化工厂董事长徐承秋"单县经济发展贡献
　　终身成就奖"和百万奖金（新韵）⋯⋯⋯⋯⋯⋯⋯⋯⋯⋯⋯ 20
单县百狮坊 ⋯⋯⋯⋯⋯⋯⋯⋯⋯⋯⋯⋯⋯⋯⋯⋯⋯⋯⋯⋯⋯⋯⋯ 21
赞单县新建幵山公园（新韵）⋯⋯⋯⋯⋯⋯⋯⋯⋯⋯⋯⋯⋯⋯⋯ 21
赞单县新建幵山公园（新韵）⋯⋯⋯⋯⋯⋯⋯⋯⋯⋯⋯⋯⋯⋯⋯ 21
游浮龙湖（新韵）⋯⋯⋯⋯⋯⋯⋯⋯⋯⋯⋯⋯⋯⋯⋯⋯⋯⋯⋯⋯ 21

颂吕后（新韵） ··· 21

孙运法 ··· 22

单县旅游赋并序 ······································· 22

家乡美 ··· 25

大汉村怀古（新韵） ································· 25

梁王亭怀古（新韵） ································· 26

浮龙湖油菜花（新韵） ······························· 26

浣溪沙·单县诗词学会成立贺词 ···················· 26

浣溪沙·参加菏泽诗词学会在浮龙湖授予单县"菏泽市诗词之乡"
荣誉称号暨建立"创作基地"揭牌仪式 ·········· 26

游单县终兴镇吕后故里瞻仰吕后庙 ················ 26

孟渚泽老子悟道处（新韵） ························· 27

孟渚泽李杜高适游猎处 ······························· 27

参观湖西小延安张寨感赋（新韵） ················ 27

赵勤虎 ··· 27

夕游浮龙湖 ··· 27

涞河眺远 ··· 28

三义春羊肉汤品记 ··································· 28

品茶（新韵） ··· 28

题赠史公绍贤翁（新韵） ··························· 28

梦回老宅有记（新韵） ······························· 29

诗词学会成立逢雨 ··································· 29

赴张寨途中 ··· 29

端午祭游浮龙湖（一）（新韵） ···················· 29

忆江南·秋风美人图 ································· 29

临江仙·游孟渚泽 ··································· 30

靳贵法 ... 30
- 龙门口 ... 30
- 四方隋珠 ... 30
- 雨后河堤行 ... 30
- 立秋临河自照 ... 30
- 芒 种 ... 31
- 浮龙湖畔千人古筝展演有吟 ... 31
- 蔷 薇 ... 31
- 元宵夜游开山公园 ... 31
- 黄河故堤 ... 31
- 点绛唇·暮春（冯延巳体） ... 32
- 临江仙·湖亭观雨（苏东坡体） ... 32

刘春晖 ... 32
- 参加山东诗词学会诗词培训会感咏 ... 32
- 赞秦纮 ... 32
- 正月初九诗友聚会感吟（新韵） ... 33
- 读孙运法老师《璞玉集》感咏 ... 33
- 悼农民诗人谢圣存先生 ... 33
- 新年感咏 ... 33
- 老君庙 ... 34
- 贺单县荣获菏泽市诗词之乡称号 ... 34
- 东舜河即景 ... 34
- 定风波·游浮龙湖 ... 34
- 临江仙·抒怀 ... 34

朱启东 ... 35
- 夜雨寄怀 ... 35

吕　后 …………………………………………… 35

　　题周自齐 ………………………………………… 35

　　致敬单县交通安检 ……………………………… 35

　　武汉抗疫感赋（新韵）………………………… 36

　　单县一中七十年校庆感赋（新韵）…………… 36

　　教师节歌吟（新韵）…………………………… 36

　　沁园春·庆祝建国七十周年（苏体）………… 37

　　舜师单父（新韵）……………………………… 37

　　老子悟道孟诸泽（新韵）……………………… 37

　　老子（新韵）…………………………………… 37

张文来 ……………………………………………… 38

　　单州云桥赞 ……………………………………… 38

　　东方园林即景（新韵）………………………… 38

　　杨树狗子（新韵）……………………………… 38

　　为王著画像 ……………………………………… 38

　　陈勖（新韵）…………………………………… 39

　　单父（新韵）…………………………………… 39

　　吕雉（新韵）…………………………………… 39

　　宓子贱与巫马施（新韵）……………………… 39

　　浮龙湖老君庙（新韵）………………………… 39

　　单州三台（新韵）……………………………… 39

　　新村夜（新韵）………………………………… 40

柴明科 ……………………………………………… 40

　　夜游南城公园 …………………………………… 40

　　踏莎行·初秋游浮龙湖 ………………………… 40

　　题单县月夜春色 ………………………………… 40

单州春雪其一 ······ 40

单州春雪其二 ······ 41

悼孔凡凯先生（新韵）······ 41

题赞四君子酒 ······ 41

雨中观南囿有感 ······ 41

排律·直臣廉吏陈勖 ······ 41

五排·晓起疫情有思（新韵）······ 42

五排·南郊月下独步 ······ 42

郭永良 ······ 42

新村有感（新韵）······ 42

题四君子酒（新韵）······ 42

琴台步月 ······ 43

莱河酒会员联谊有感（新韵）······ 43

重阳节（一）（新韵）······ 43

重阳节（二）（新韵）······ 43

雨中游浮龙湖（新韵）······ 43

回乡有感（新韵）······ 43

大美单县（一）······ 44

大美单县（二）（新韵）······ 44

许富强 ······ 44

单县档案馆楼前观牡丹（新韵）······ 44

开山公园观梅（新韵）······ 44

赞单父女杰吕雉（新韵）······ 44

辛丑单县园艺路咏柳（新韵）······ 45

庚子腊月开山湖行吟（新韵）······ 45

开山公园靓景（新韵）······ 45

程长坤 ·························· 45

  参观李楼新村 ·························· 45

  颂贤宰巫马期（二首）·························· 46

  赞最美少年王媛媛（新韵）·························· 46

  陈蛮庄钻井台 ·························· 46

  湖西公园 ·························· 46

  半月台忆宓子贱 ·························· 47

  瞻仰湖西烈士陵园 ·························· 47

  咏园林单城 ·························· 47

  忆母校单县师范 ·························· 47

  鹧鸪天·舜河桥畔 ·························· 48

李勤凡 ·························· 48

  琴台咏 ·························· 48

  游浮龙湖（新韵）·························· 48

  咏百狮坊 ·························· 49

  春游开山公园（新韵）·························· 49

  莱河桥头垂钓 ·························· 49

  谒单县段楼清凉寺（新韵）·························· 49

  忆龙王庙塔庙古景（新韵）·························· 50

  咏吕后 ·························· 50

翟茂福 ·························· 50

  春日闲逛单邑仙人湖 ·························· 50

  麦收抒怀（新韵）·························· 51

  赞扶贫干部下乡慰问留守老人（新韵）·························· 51

  单父古邑（新韵）·························· 51

  农家临秋（新韵）·························· 51

张若良 ·· 52
　　故土单县（五首）·· 52
　　游单县甜湖公园·· 53

程文瑞 ·· 53
　　春雨梳心·· 53
　　故乡春景·· 53
　　春日归里（新韵）·· 53
　　春夜听雷（新韵）·· 54
　　登　高·· 54
　　归故里·· 54
　　久别重逢（新韵）·· 54
　　庆单县诗词学会成立（新韵）·· 54

王同光 ·· 55
　　颂单县新中医医院·· 55
　　听　夏·· 55
　　炫美夕阳颂（新韵）·· 55
　　立春感怀（新韵）·· 55

郭志杰 ·· 55
　　开山晚景·· 55
　　在党五十年有感（新韵）··· 56
　　开山晨景（新韵）·· 56

卢尚举 ·· 56
　　游莱河公园·· 56
　　祭烈士陵（新韵）·· 56

刘学刚 ·· 57
　　点绛唇·赏百亩油菜花开··· 57

临江仙·党组织领办农民合作社 ………………………… 57

耿金水 ……………………………………………………………… 57
　　单县月牙湖（新韵） ……………………………………… 57

叶兆辉 ……………………………………………………………… 57
　　游单县 ……………………………………………………… 57

于虹霞 ……………………………………………………………… 58
　　赞单县新农村建设（孤雁入群格） ……………………… 58

罗　伟 ……………………………………………………………… 58
　　孝善单县 …………………………………………………… 58

梁兆智 ……………………………………………………………… 58
　　游琴台感怀（新韵） ……………………………………… 58
　　浮龙湖之春（新韵） ……………………………………… 58

于志亮 ……………………………………………………………… 59
　　单县咏赞 …………………………………………………… 59

聂振山 ……………………………………………………………… 59
　　开车携老父母去单县品羊汤 ……………………………… 59

张立芳 ……………………………………………………………… 59
　　四君子酒 …………………………………………………… 59
　　过单县 ……………………………………………………… 60
　　临江仙·单县党建扶贫 …………………………………… 60
　　鹧鸪天·单县新吟 ………………………………………… 60
　　单县农家油桃致富 ………………………………………… 60

刘灿胜 ……………………………………………………………… 61
　　单县百狮坊 ………………………………………………… 61
　　朱家大院（新韵） ………………………………………… 61

张　鹏 ··· 61
　　谒湖西革命烈士陵园 ··· 61
李跃贤 ··· 61
　　沁园春·大美单县 ··· 61
　　赞单县扶贫攻坚 ·· 62
高怀柱 ··· 62
　　浮龙湖访友人村 ·· 62
　　冬日访农业科技村 ··· 62
　　浮龙湖生态管护员 ··· 63
　　鹧鸪天·扶贫第一书记 ··· 63
郭小鹏 ··· 63
　　诗意单县（新韵） ··· 63
李义功 ··· 63
　　西江月·大美单县 ··· 63
张秀娟 ··· 64
　　大美单县 ··· 64
吴成伟 ··· 64
　　咏单父（新韵） ·· 64
张树路 ··· 64
　　过单县饮四君子酒 ··· 64
侯　洁 ··· 65
　　浮龙湖春韵（新韵） ··· 65
　　浮龙湖春韵 ··· 65
蔡浩彬 ··· 65
　　沁园春·单县新发展感赋 ··· 65

鲁海信 ·· 66
　　美赞单县（通韵）·· 66
　　赞单县牌坊 ·· 66
于明华 ·· 66
　　大美单县赋 ·· 66
　　春到浮龙湖（新韵）·· 66
王志刚 ·· 67
　　四君子酒感赋 ·· 67
张德民 ·· 67
　　单县百狮坊 ·· 67
张效宇 ·· 67
　　古牌坊下怀思（通韵）·· 67
张新荣 ·· 67
　　秋游浮龙湖（新韵）·· 67
　　琴台遐想 ·· 68
　　浮龙湖公园晨行（新韵）·· 68
马庆生 ·· 68
　　浮龙湖怀古 ·· 68
于志超 ·· 68
　　鹧鸪天·单县记忆 ··· 68
王克华 ·· 69
　　观百狮坊感怀（通韵）·· 69
管恩锋 ·· 69
　　鹧鸪天·牌坊古城 ··· 69
吴立武 ·· 69
　　颂单县（通韵）··· 69

王宝俊 ······ 69
    喝青山羊汤有感（新韵）······ 69

刘芝兰 ······ 70
    大美单县印象（通韵）······ 70

马建军 ······ 70
    单县羊汤天下奇 ······ 70
    大美单县 ······ 70

孙忠生 ······ 70
    雨过庭春 ······ 70
    慎　言 ······ 71

孙传仁 ······ 71
    于单县龙王庙古迹遗址保护性重修座谈会上 ······ 71
    水龙吟·单县龙王庙感赋 ······ 71

陈允全 ······ 71
    观单县龙王庙古塔遗迹有感（古风）······ 71
    学习谷文昌有感 ······ 72
    落叶（新韵）······ 72

赵统斌 ······ 72
    晨练抒怀（新韵）······ 72
    采桑子·春夜喜雪 ······ 72

王运思 ······ 73
    八声甘州·贺菏泽市诗词学会第二届会员代表大会召开 ······ 73
    永遇乐·菏泽"两会"感赋 ······ 73

卢　明 ······ 73
    致广赋兄（新韵）······ 73
    咏松（新韵）······ 73

刘　娟	74
水调歌头·贺菏泽市诗词学会第二届会员代表大会召开	74
柳　絮	74
薄慕周	74
浣溪沙·元宵节即景	74
江城子·拓荒牛印象	74
田艳丽	75
三百年之砖木古楼	75
贺菏泽市诗词学会第二届会员代表大会召开	75
赠密友牟凤霞	75
魏运荣	75
鹧鸪天·宋江湖	75
鹧鸪天·"两会"感怀	76
贺文彬	76
无　题	76
入党五十年咏	76
张广新	76
赞党百年华诞（新韵）	76
万众齐颂共产党（新韵）	76
东沟河赏荷	77
朱建忠	77
咏　竹	77
湖畔（古风）	77
踏春有感（古风）	77
王英稳	77
初春垂柳（古风）	77

  秋游浮龙湖（古风） ························ 78

苏克新 ································· 78
  夜雨幽梦 ····························· 78
  夜梦呓语 ····························· 78

谢圣月 ································· 78
  贺永良兄《诗赋中药》书成（新韵） ············ 78
  杨絮（新韵） ·························· 78
  题牡丹（新韵） ························ 79

朱叔康 ································· 79
  登梁孝王台怀古（古风） ·················· 79
  再登梁孝王台（古风） ···················· 79

段翠兰 ································· 79
  鹧鸪天·游单县随笔 ····················· 79
  鹧鸪天·游浮龙湖 ······················· 79

第一辑　单县研学采风作品

◆ 李树喜

题四君子酒

渚泽四君子，声名天下闻。

满湖都是酒，刚好醉诗人。

◆ 江　岚

庚子冬过单县访四君子酒厂因忆李杜高陶诸公

一（古风）

岁晚来齐鲁，因诗过单县。

遥忆四君子，曾此共谈宴。

酒香飘千载，空际犹弥漫。

幸得一杯尝，顿觉红满面。

半月台在否？犹拟一登践。

风流非复昔，想像徒长叹。

二

埋坛种好酒，静静待春风。

想见开封日，九天香气浓。

三

诸公乘鹤去，高台空月明。

可能再相见，重叙故人情？

庚子冬过单县浮龙湖参观四君子酒业藏酒洞

浮龙湖畔酒香飘，薄晚来游兴倍饶。

果得龙王藏酒洞，急呼老子取诗瓢。

封存皆用黑陶罐，愿望争观红布条。

想见儿婚女嫁日，人驮车运笑声高。

注：诗瓢之专利虽归唐山人，但远在四川，水路迢迢，不可指望。而隔壁即老君庙，所供奉即老子也。相传老子曾久隐孟渚，观水而著《道德经》，言辞玄妙，音节铿锵，非诗而何？虽谓之古今中外散文诗之鼻祖可也。故老子所用之瓢者，亦诗瓢也，其源有自，唐山人幸勿怪，呵呵。

庚子冬游浮龙湖，即李杜诸公游猎之孟渚泽也（古风）

画船趁薄暮，来游浮龙湖。

浮龙不可见，澹澹水平铺。

寒冬伤萧瑟，汀草已全枯。

白鹭似故人，振翅犹招呼。

群鸦立树梢，恍若众女巫。

横天过鹳雀，掠岸飞野凫。

都爱天光好，哪管岁将徂。

主人同我语，此即孟渚泽。

蓦然思李杜，连镳恣游猎。

身影如在眼，喧腾如在侧。

四顾何茫然，凭栏独默默。

◆ 耿建华

咏单县百狮百寿坊

三来单县仰高风,狮寿牌坊举世雄。
非是儒乡名胜地,那来贞雅硕人丰。

玉漏迟·浮龙湖上

劲风凋碧树。残荷梗折,快舟临渚。白鹭惊飞,葭絮乱撩洲溆。矮苇丛生岛屿。怅辽阔、暮云轻雾。伸指数。几船归返,橹声如许。

对友举盏甘茶,落日散霞光,漫谈今古。念远思邈,单父优游寒暑。弹指一挥瞬过,漫云道、人生愁旅。还洞悟。浮名幻师如土。

访单县中医院有感

黄帝长生有妙方,葛洪防疫致安康。
时珍百草成纲目,思邈千金救死伤。
单县杏林期国手,药园苗木待青阳。
而今新院宏楼起,护佑湖西日日昌。

再和阆兄庚子冬至

朔风吹不动,清气韵方长。
喊雪方开蕾,疏枝欲吐香。
寒威施未了,孱弱正消亡。
惟有中情奋,斜敧点蕊黄。

半月台

吟诗半月台，四子醉擎杯。

好酒催佳句，闻声凤鹤来。

半月台：《山东通志》载，半月台，在旧单县城东北隅，相传陶沔所筑。

四子：唐代天宝年间，当时的单县县尉陶沔与大诗人李白、杜甫、高适联和游单父，登琴台，饮酒赋诗，乐而往返。

◆ 郝铁柱

四君子酒业集团观感

举杯吟唱玉临风，半月台高醉畅情。

若到四君藏酒窖，似观骚客敞心城。

单县老君庙观感

隐居悟道生真经，可谓人杰地秀灵。

浮龙湖湾游圣境，楼台殿宇状元青。

游浮龙湖

浮龙湖上叹奇观，浩渺烟波长碧天。

芦岛菏泽羽飞舞，画船徐行笑欢言。

今到单县

冒寒心里暖，丽日来单县。

雅韵动江天，牌坊千古传。

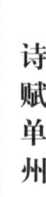

◆ 阎兆万

浮龙湖

上善通天际，蒹苍识故人。
青莲惊水阔，老子悟玄真。
舫曳秋摇远，歌飞韵拾新。
渔夫邀偃月，拽起万千鳞。

老牌坊

巍峨无语立，深辙说沧桑。
镂凤褒贞女，雕龙赖帝王。
福临慈孝族，寿赐义仁乡。
侥幸珍留迹，灵狮佑八方。

单州游记（古风）

冬日寸阳生，凌寒采风忙。
兴至问究竟，单脉源流长。
大善盛行地，舜帝拜师乡。
因卷得县名，誉美天下扬。
老子畔渚泽，悟道德生香。
珠玑五千字，奥妙千古尝。
或有梧桐栽，翩若起凤凰。
吕雉佐霸业，乘势做帝王。
李杜踏歌来，高陶邀共觞。
潇洒四君子，赫然顶半唐。
但见昔时月，依旧照麻桑。

残荷香魂在，不染卧方塘。
谁泼一池墨，牡丹满庭芳。
恍惚梦庄蝶，拐角步石巷。
街楼巍峨立，惊眸百寿坊。
窗开抟鲜味，追风漂三江。
邂逅花灯舞，情醉唢呐响。
远朋更乐乎，煮韵写新章。

◆ 王厚今

浣溪沙·酬单县中医院王守民院长（新韵）

周易洛书造诣深，望闻切问举银针。医疗康养捧丹心。

论病追源藏义谛①，悬壶济世据敦仁。中医文化一传人。

喜四君子酒业传统酿造工艺突破

原料新添豌豆种，窖泥借宝自西川。

四君倘若重来饮，会是他乡不再还。

有感于山东诗词学会的大家来单县讲授诗词
——步韵阎兆万老师、耿建华老师大作《庚子初冬》

宾至心花动，师临情意长。

牡丹初育蕾，正待哺长香。

朔日终将了，风驱浊气亡。

曹州当发奋，朵朵捧鹅黄②。

---

① 义谛，佛教语，指"真理""实理"。
② 鹅黄，指名贵品种——鹅黄牡丹。

附阎兆万先生诗
庚子冬初

寒极谁初动，春萌日欲长。

山枯林孕蕾，雪茂韵生香。

问疫何时了，尊时百疾亡。

前方蹄自奋，大道走炎黄。

耿教授诗

乘车赴单县，途中见阎兆万先生大作，遂和之。

不闻冬霰动，此后日侗长。

雪近梅怀蕾，诗成韵有香。

人亲情未了，风劲疫消亡。

白发心龙奋，环球贵上黄。

◆ 薄慕周

观曹明冉老师作画（新韵）

撸袖挥毫景自娇，春风几缕挂眉梢。

胭红重点石榴嘴，浅绿轻涂翠柳条。

笔落鸟飞三万里，手扬意上九重霄。

七勾八勒浓浓墨，醉了修竹肥了桃。

驾艇游浮龙湖

飞舟犁浪荡云烟，戏水骑龙自在仙。

兴至高声吟两句，野鸭鸥鹭唱和甜。

临江仙·观看湖西纪念馆影像（贺铸体·新韵）

纵马扬鞭三百里，腾云驾雾如神。衔枚快走速行军，举刀杀日寇，血溅满衣襟。　　痛恨东洋贼强盗，烧杀围堵奸淫。刀枪齐下打洋人，誓将天下土，变做灭敌砧。

浮龙湖拾句（新韵）

圆荷滴翠苇摇风，戏浪鹅鸭梦幻中。
碧水红花游客醉，误将单县作杭城。

单县百狮坊

百狮挠首意超然，凤舞龙缠柱擎天。
大善皇家雕匾上，孝心真爱永流传。

单县老君庙祭老君

脱尘悟道坐禅庭，浮玉湖边著妙经。
点醒迷途流泪客，衔愁跪拜笑回京。

浣溪沙·单县朱家大院

画栋雕梁站一排，榴花掩映月门开。红灯高挂照亭台。　　缎被绸帏含古意，红裙绿带现今怀。游人沉醉几番来。

迎山东诗词学会专家来单县施教

牡丹举袂翩翩舞，单父押襟捧酒浆。
数九三台生暖意，湖西沉醉韵飘香。

第二辑 "大美单县"征稿及获奖作品

◆ 陈福礼

善园赋（新韵）

茫茫沃野，悠悠古县；单县之名，缘于单卷。单卷怀德，隐居单父，渔孟渚，耕开山。日出而作，日落而息，善德化民，千古圣贤。尧王拜师，舜帝让位；辞帝不受，遁隐螺岩。单卷，善德之祖；单县，善德之源。善德风范，代代相传。

县委政府，励精图治；弘扬善德，规划善园。伯爵集团，斥资筹款；精心设计，倾力兴建。专家学者，引经据典；史海觅珍，赋诗撰联。打造四省八县文化之高地；谱写四泽六水善史之宏篇。

善园告竣，坐落城南；岁在丙申，历时二年。占地百亩，锦绣满园。负阴而抱阳，接纳天地之灵气；呈祥而显瑞，收受日月之光环。

单卷祠堂，雄伟壮观；崇善秀亭，拔地冲天；上善广场，舞旋歌酣；向善浮雕，扬善典范。小桥流水有江南风韵；曲径通幽似武陵桃源。芳草萋萋拥茂林修竹；鲜花簇簇映碧水蓝天。景点星罗棋布；游人接踵摩肩。一目一胜景；一步一层天。

善园，善园，环境优雅，文脉远源。善德氛围，温馨绵绵。有诗意，有品位，有内涵。入斯园，沐善德之风，善化芸芸众生；近林泉，享自然之美，品味悠悠华年。

美哉！善园，悠哉！善园。

注：此作获"大美单县"诗词征稿一等奖。

单县羊肉汤

舌尖一点顿生津，味美汤鲜三义春。

朋友莅临迎贵客，街坊欢聚敬高邻。

壮阳补肾滋元气，益寿延年养韵神。

千古一汤名海内，单州不负品尝人。

注：三义春，是单县羊肉汤老字号名店，成了单县羊肉汤的代名词。

江北第一洞藏酒

玉露琼浆一洞藏，夜凝地气日凝香。

湖光山色怜华瑞，夏雨春风润稻粱。

曲水流觞词百首，凭栏吟月赋千章。

纵情欲寄"四君子"，道是诗乡是酒乡。

陪游浮龙湖次韵和阎兆万先生

愿捧家乡水，杯杯敬友人。

长歌流韵远，短赋抒情真。

携手昆仑重，联盟日月新。

云天排大宴，沧海有肥鳞。

天下第一坊

雕龙天上舞，镂凤望云翔。

丹桂夸荣耀，皇王尚显扬。

贞人千滴泪，艺匠百斑伤。

谁信民间苦，凝成万古坊。

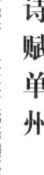

山东诗词学会专家学者莅临单县授课采风（新韵）

高山流水觅知音，天下结缘抱玉琴。
授课种诗屈子韵，采风织锦牡丹云。
浮龙湖上歌声美，杨柳枝头绿色新。
得道先生投半步，行吟万里有诗魂。

庆祝菏泽市"两会"召开

盛会开来聚俊贤，盔缨照亮半边天。
布云播雨为黎庶，种梓栽桑绿甸川。
孟渚鱼肥应结网，菏山土厚可耕田。
牡丹花放惊朝野，折桂蟾宫着玉鞭。

故道明珠浮龙湖（新韵）

黄河滚滚已乔迁，留下泱泱碧水潭。
夏雨春风梳岸柳，湖光山色映蓝天。
飞舟掀起波千顷，游客唱吟诗百篇。
小鸟独衷枝上曲，不知故道始何年。

乡村记忆二首

（一）老树

古树年年续印轮，春风夏雨铸精神。
霜刀雪剑寒冬后，绿梦悠悠叶又新。

（二）老井（新韵）

故乡老井百年深，汩汩清泉饮四邻。
世事沧桑风雨过，静观秋月与浮云。

临江仙·暮年抒怀

岁月匆匆流水过，回眸逝去华年。任凭展翅梦难圆。叹秋风瑟瑟，看落叶翩翩。

宝剑失锋驽马瘦，壮心犹自冲天。餐风饮露伴云烟，扶犁耕暮雨，蹄奋不须鞭。

满江红·创建诗词之乡（新韵）

古邑文明，诗词美、天花飞落。泼浓墨、弘扬国粹，熏陶魂魄。辞赋育人出俊彦，善德理政驱邪恶。数千年、看历史辉煌，昭明月。

吟坛事，勤唱和；云路远，从头越。把银笺写秀，砚池磨阔。杨柳满坡风戏燕，诗词五进云浮鹤。待来春，赏绿叶红花，同心乐。

◆ 田云川

沁园春·单州咏

美哉家园，明珠璀璨，物阜民安。看天蓝地洁，稼丰畜旺；楼林灯海，人寿风妍。尚义文明，宾朋满座，吐胆倾心瑞气骞。仁善地，喜官民谐乐，鱼水情欢。

千年古县娇然。缅善卷开基何等艰。仰宓公巫宰，泽霖甘雨；青莲子美，遗誉诗篇。伟大人民，万千英烈，德峻功巍奕世传。尧舜日，展宏图壮志，绮梦鹏抟。

注：此作获"大美单县"诗词征稿二等奖。

崇文尚善拼搏奋进单县人（通韵）

千年古县耀文星，珠缀浩空青史名。
正气凛然泣神鬼，善行敦厚惠民生。
拼搏能教新天换，实干迎来事业兴。
勇立潮头谋跨越，加鞭奋进陟高峰。

参观单县革命纪念馆抒怀

又现老区征战情，红旗挥舞鬼神惊。
齐心清算奸凶罪，勠力歼除日匪兵。
铁血精神豪气贯，水鱼厚谊党魂宏。
苍松翠柏英灵奠，向日葵倾肝胆诚。

咏享誉"小延安"称号的革命老区单县张寨（通韵）

狼烟已逝遗风在，络绎游人赞誉连。
地道弯长彰酷虐，房廊残陋透辛艰。
运筹帷幄千军胜，划灭奸邪万众欢。
熠熠精神沾溉后，梦圆愈益广扬传。

组织振兴（通韵）

雁阵高翔前雁领，列车电掣靠车头。
建强堡垒党魂耀，尽瘁鞠躬福祉求。

开山公园晨起（通韵）

惊醒甜甜睡美人，纱衾褰起满园春。
鸟衔晨彩穿林闹，脚踏花香歌舞殷。

产业振兴

争艳百花春景开，工农商贸展奇才。
枝繁叶茂壮根固，民富国强高陟台。

乡村秋韵

浩茫田野俏梳妆，棉白稻黄蔬果香。
巧手村姑摘春梦，欢声装满一筐筐。

新型农民（通韵）

服务签约到地头，耕播收运不须愁。
背天面土曾经事，当代农民有远谋。

沁园春·单县百狮坊

一绝狮坊，荟萃百流，享誉四方。看通体精雕，嵬嵬耸峙；诸狮态异，栩栩生光。瑞凤翩跹，花王怒放，龙弋卿云畅意翔。明楼顶，嵌乾隆御笔，节孝褒扬。

曾经数百沧桑，阅世代风云誉毁藏。历封建时期，尊荣显贵；非常岁月，破旧遭戕。粹美人文，存精弃粕，开发扬华焕锦章。适盛世，迓宾朋沓至，评短论长。

鹧鸪天·浮龙湖荷花节赏荷

千亩荷蕖碧映红，煦风轻拂伞擎空。不枝不蔓姿神美，亦直亦通玉骨雄。　　香漫溢，节风隆。秀奇雅致与仙同。撷枝菡萏和廉煮，宝甸充盈君子。

◆ 蔡述金

八声甘州·浮龙湖

问中原何处养天年，忘机许盟鸥？亨谪仙饮月，陶朱泛棹，老子听流。道是千年孟渚，单卷肇芳洲。为那抱琴者，恰意相畴。

朝夕浮明摇碧，被兔园人羡，隔岸来投。看樵歌渔唱，三籁度春秋。可怜儿、俗流沾染，谅不能、一世脱泥油。争知到、白云湖上，自涤尘眸。

注：此作获"大美单县"诗词征稿一等奖。

访浮龙湖老君庙赠同仁

九曲黄河一曲斜，千年孟渚得清嘉。
人居善性崇儒地，天赐休心与道家。
曳尾真言追圣迹，浮龙传说著春华。
布衣皆寿何须问，自在琴台共酒茶。

浮龙湖堤头村社区老人宴

孟渚人娴淑六和，淳风益寿不蹉跎。
秋阳斜被一堂暖，社鼓隆为百叟歌。
月亮湾头小春宴，浮龙湖上老曾波。
自惊余宠蹭香饭，疑似壶天入梦柯。

邀入尼山诗会赠东耳先生

单父兴贤自古云，樗铅成美且成闻。
忘年末契师兼友，结社高抬德与文。
怀刺无门知北海，解龟添酒识仙君。
琴台松竹长相谊，携共尼山梅不群。

注：东耳，本名陈福礼，山东单县人，中华诗词学会会员，菏泽市诗词学会原副会长兼秘书长，单县诗词学会会长。

四君子酒洞藏题

孟渚幽池窖玉浆，醴泉陈曲待霞觞。
琴台君子唐风蕴，故道明珠鲁匠藏。
春水携云澄底色，蟾光带露静沉香。
蜚声流誉莲花沁，九孔洞波潜一汪。

咏菊（新韵）

风雨重阳过，寒凝大地霜。
野枯秋色乱，云霭雁声慌。
篱陌添金甲，山房衬晚妆。
只为真气在，骨韵自成芳。

龙湖晚钓

镜波如碧凝余晖，任鸟呼归舟忘归。
坐定翠微沉影里，钓钩不让绮霞飞。

咏　蝉

历尽尘沙伏暑生，孤怀梦想自营营。
莫因磨难怨遥夜，总有高枝一处鸣。

长相思·访贫（白居易体）

霜罩头，雾晕头。不到农家自不休。寒流更暖流。
两不愁，三不愁。再问年来何与忧？泪花盈笑眸。

踏莎行·秋住堤头村（晏殊体）

秋到重阳，怕霜来管。新晴朝夕霞催暖。蒹葭回棹乱飞凫，似争南雁连声赶。

月亮湾头，浮龙湖畔。水天一色由青眼。一川如此自然天，不愁归处帘不卷。

临江仙·临沂慰问百岁尹老（徐昌图体）

秋染金川凝紫，夕辉碧水沉红。阑干偕老客山松。雁声情不断，回目尽燃枫。

故里黄花已瘦，他乡月色空蒙。寒霜浮鬓草头蓬。相知何问岁，无约有缘。

◆ 张清正

贺单县荣获省级文明县称号

微山湖左太行东，地利人和居要冲。
单卷遗风誉今古，改革大计展新容。
蓝图巧绘光芒射，浴火重生精彩迎。
文脉绵延续今日，单州遐迩灿文明。
狮坊工艺叹观止，大院英姿存古风。[1]
莱水归帆悠唱晚，开山积雪永留名。
琴台夜月颂琴治，吕井寒泉念吕翁。
捉怪包公名永志，扶刘吕后业终兴。[2]

---

[1] 大院，朱家大院现为民俗馆。
[2] 莱水归帆、开山积雪、琴台夜月、吕井寒泉、包公捉妖等均为单县古迹。

漫游李杜结诗友，秋猎孟泽张劲弓。
烈士塔巍松柏护，英雄墓肃众花拥。
乘凉不忘植树者，饮水当念挖井工。
东舜河边景观美，浮龙湖上晚霞红。
香飘十里酒君子，羊冠九州汤盛名。①
小县竟能办高校，职专敢以露峥嵘。
人才培养力量献，教育腾飞诸业兴。
知耻明荣识美丑，感天动地见心灵。
昭良千里送残女，继琐万金弘善行。
启舜修桥行好事，作涛舍命救生灵。
瑞方捐款助学子，赵勇侍亲膺孝星。
陈路芭蕾亮央视，之文一曲动寰中。②
雷锋团队标杆树，斑马精神旗帜擎。
行住衣食得改善，婚丧嫁娶塑新风。
爆竹燃放有规控，大气污染响警钟。
随地吐痰引斜视，高声售物获差评。
达标公厕村村建，袋袋垃圾日日清。
佳木葱茏郁街巷，霓虹灿烂闪花丛。
蓝天碧水扁舟弄，绿草白云皓月明。
鸟语花香风送爽，神怡心旷乐无穷。
姑娘小伙舞"交谊"，老汉大妈歌太平。
"医保"病员吉运遇，"农合"制度庶民逢。
名乡长寿冠齐鲁，小县卫生赢盛荣。

---

① 单县四君子酒、羊肉汤享有盛名。
② 孟昭良、张继琐、朱启舜、牛作涛、朱瑞方、朱之文均为单县先进人物。

今日文明又拿奖，明朝荣誉再争衡。

品牌系列引骄傲，魅力湖西向顶峰。

克险攻坚圆梦路，高擎特帜展鲲鹏。

注：此作获"大美单县"诗词征稿三等奖。

排律·颂单县新农村（新韵）

小楼倚绿柳，庭院满温馨。

架下丝瓜吊，窗前花卉芬。

鸡鸣木笼内，犬吠陌生人。

彩电阅中外，手机知古今。

备炊燃沼气，用水开阀门。

棚菜摇钱树，鱼塘聚宝盆。

黄牛早下岗，铁马主耕耘。

油路村村绕，摩托辆辆奔。

娃收幼儿苑，老领晚年"薪"。

农税喜蠲免，眉梢尽是春！

赞单县百姓晨练（新韵）

灿烂朝霞染满天，公园寂静顿腾欢。

姑娘小伙翩跹舞，老汉大妈潇洒拳。

单父像前歌单父，双贤祠畔唱双贤。

健身强魄增能量，破浪扬帆迎梦圆！

赞单县老年公寓（新韵）

老年公寓三春暖，八九寿星娱晚年。

吃饭穿衣有服侍，打牌对弈赛神仙。

学玩电脑晓中外，闲话今昔品苦甘。

医养结合体康健，生逢盛世乐无边！

颂单县中心医院副院长叶永强博士（新韵）

德艺双馨博士生，鞠躬尽瘁苦耘耕。

淡泊名利公仆愫，救助死伤天使风。

手术台台俱精品，处方每每总关情。

培桃育李传薪火，有口皆碑扁鹊公。

颂单县环卫工人（新韵）

一抹橘红风景靓，大街小巷"整容"忙。

严寒酷暑何言苦，浊水污泥不怕脏。

尽力尽心恪职守，任劳任怨谱华章。

花香鸟语天澄碧，构建文明筑小康。

单县县委县府授予尚舜化工厂董事长徐承秋
"单县经济发展贡献终身成就奖"和百万奖金（新韵）

风雨沧桑四十载，化工小厂创辉煌。

卧薪尝胆标杆树，斩棘披荆赤帜扛。

慷慨解囊寄关爱，艰辛登顶铸荣光。

"终身成就"永激励，破浪扬帆续远航！

单县百狮坊

华夏名城矗石坊，世稀瑰宝耀灵光。
神工鬼斧百狮异，瑞气降龙众卉芳。
镂柱雕梁姿伟岸，重檐飞角气轩昂。
文人骚客叹观止，激越豪情争赋章！

赞单县新建开山公园（新韵）

十里园开叠翠红，班门刀斧塑玲珑。
小桥流水岸垂柳，舞榭歌台绿抱亭。
包拯捉妖遐迩颂，开山积雪古今名。
赏心悦目独一帜，誉满菏泽惠单城。

游浮龙湖（新韵）

驱车百里觅悠闲，揽胜寻幽秀水间。
春色满湖风骀荡，波光映日鲤腾欢。
翩翩小鸟鸣舟侧，点点清螺嵌玉盘。
翁妪兰亭说故事，神怡心旷下夕烟！

颂吕后（新韵）

力佐汉皇无冕君，操持国柄扭乾坤。
临朝称制展雄略，理政安邦建伟勋。
卓越才能千载颂，辉煌大业九州吟。
巾帼英俊垂青史，不逊须眉誉古今！

◆ 孙运法

单县旅游赋并序

单县是民政部命名之千年古县，2020年获评第二批山东省全域旅游示范区。游览单县，见其境内确有大可观赏者，实至名归，可喜可贺，遂作此赋，其辞曰：

单县，乃春秋鲁邑，湖西老区。伏羲住地，单卷所居。孟诸泽上，老子道场。终兴潘庄，吕后故乡。周封王国，汉封王侯；秦始设县，唐末置州。方圆百里之沃土，上下千年之文明。四省八县，陆路相通：东连丰砀，西傍曹成，北毗金乡，南带虞城①。黄河故道蜿蜒于南界，东鱼新河横亘于北坰。气接邹城曲阜，云来东海岱宗。地下多宝藏：乌金似海，油气如洋；岩盐广蕴，铁矿深藏。地上富特产：山药、芦笋、罗汉参、桑蚕、大蒜、青山羊。森林覆盖广，湿地展延长。天然氧吧，养生天堂。国家园林城市，国家卫生城市，国家湿地公园；中国楹联之乡，中国书画之乡，中国戏曲之乡，中国武术之乡，中国长寿之乡，中国西红柿之乡，中国青山羊之乡。村村通大道，处处好风光。德上高速，通达四海；牡丹机场，迎送八荒。

单县广布名胜古迹，富有旅游资源。古单八景，世代相传：青冢暮云，琴台夜月；开山积雪，涞河归帆；普照晨钟，栖霞晚照；仙桥流水，吕井寒泉。

牌坊古城景区，景点争奇斗艳。观夫古城，秀色可餐。长堤周抱古邑，城河环绕堤边。小桥流水，浑似江南。座座古老牌坊，巍峨横跨街面。百狮坊与百寿坊，乃国家级文保重点。青石建造，通体雕镂。构筑

---

① "东邻丰砀，西傍曹成，北毗金乡，南带虞城"：丰砀，指江苏省徐州市丰县和安徽省宿州市砀山县。曹成，指山东省菏泽市曹县和成武县。金乡，指山东省济宁市金乡县。虞城，指河南省商丘市虞城县。

精巧，宏伟壮观。四间三柱，斗拱重檐，鹤翔凤舞，狮戏龙蟠。花鸟造型优美，吻兽生动神传。圆、透、浮、线①，技艺超凡。石雕艺术之宝库，巧夺天工之奇篇。至如朱家楼院，群楼高耸，古朴恢弘。雕梁画栋，黛瓦飞甍。榴花灼灼，翠竹青青；假山叠叠，飞瀑淙淙。民俗馆内，展物丰盈。明清豪宅两百余间，可与乔家大院争雄。劫后幸存两院，见证当年繁荣。其门前，平原省湖西革命历史纪念馆在西，单县历史文化名人浮雕墙在东。三者相映成辉，鼎立于三元广场之中。至若衙门西街，有一株千年枸杞王，根在院中身出墙。绿荫如盖，似忘流光。年年奉献嘉果，岁岁更新靓装。附近景点还有周自齐故居、朱氏民居、山西会馆等。

湖西公园景区，景色绚烂：仙人湖上，波光潋滟；二贤祠边，草花丰艳；鸣琴广场，彩泉飞舞；堤畔水滨，亭台装点。至于一里三台（琴台、天台、晒仙台），并矗于千年古堤之上，掩映于松树绿荫之间。琴台在西，肇始于春秋之末，整修于唐代开元。孔子高弟宓子贱，执政单父整三年，爱民如子，任人唯贤，鸣琴而治，单父大安，道不拾遗，夜不闭关。同门巫马施，继任单父宰，披星戴月，露宿风餐，事必躬亲，治理如前。在其政暇弹琴处，后人筑台纪念。唐代单父尉陶沔，开元重新修缮。台如半月，前方后圆。并于台左建祠，奉祀二贤。天宝三年，李白、杜甫、高适联袂登临，逸兴冲天，饮酒赋诗，感慨万千。晒仙台居中，吕仙云游到此乡②，曝日醉卧在高岗，适逢儿童放学过，妙语点化陈侍郎。天台在东，乃先人祭天之所：祈求上苍保佑，百业兴隆，风调雨顺，物阜民丰。登临三台，可发怀古缅贤之幽思，学习为人从政之赤诚。

开山公园景区，为集中展示单县文化之主题公园。但见堌堆耸翠，湖水扬澜。奇花异草，斗丽争妍。音乐喷泉多彩，玻璃栈道高悬。单

---

① 圆、透、浮、线：指圆雕、透雕、浮雕、线雕。
② 吕仙：吕洞宾。

父吕后，对景闲立；太白少陵，举酒畅谈。诗墙长廊，佳作斑斓。明冉美术馆，名画琳琅满室；单县展览馆，成果锦绣连篇。包公捉妖深洞，民间故事流传。游人接踵，乐此盘桓。了解璀璨文化，娱乐休闲。

红色教育旅游景区。单县遍布红色遗迹，有多处爱国主义教育基地。观夫湖西革命烈士陵园，杨柳依依，松柏苍苍。烈士塔迥凌云表，五角星高耀红光。城河穿越时空，悄悄流淌；月桥横跨水面，静静思量。幸福来之不易，难忘血战沙场。英雄阁中，感慨风云史壮阔；浩然亭上，追思先辈志昂扬。入此园则思：缅怀先烈精神，继承先烈遗志，创造新的辉煌。至如平原省湖西革命历史纪念馆，可直观感受："烽火岁月，红色湖西；新生政权，光辉业绩；群星灿烂，功照千秋；领导关怀，再创佳绩。"了解红色历史，接受精神洗礼。至乃朱集镇张寨，人称湖西"小延安"。钻地道，登寨垣，参观先烈文物展，革命精神代代传。

生态文化旅游景区，亮点纷呈，星罗棋布。浮龙湖，为山东省旅游度假区，人称"故道明珠，江北西湖"。前身为孟诸泽，单卷渔猎稼穑，老聃观水悟道，李杜纵马驰猎。但见无涯碧水，浩浩汤汤。岛屿翠笼锦绣，栈桥龙卧悠长。树林茂密，花草芬芳。千顷芦苇，万亩荷塘。鹭鸥嬉戏，鹰鹤翱翔；鱼之乐土，鸟之天堂。春季花红柳绿，夏季蒲碧荷香，秋季芦花飞雪，冬季素裹银装。主要景点有浮龙度假村，浮龙广场；生态岛，玫瑰园，百年基督堂；老子文化园，浮龙港湾游乐场；四君子洞藏酒基地，环堤生态景观长廊。此地盛产鲤鱼鲫鱼，虾蟹鹅鸭，莲藕莲子，玫瑰杂果，柴鸡乌鸡，黄牛山羊。时鲜蔬果，乡野名吃，四时皆备，任人品尝。真乃休闲之胜地，度假之名乡。若夫黄河故道，百里长廊。林带如织，果树成行。塘清草绿，养鱼牧羊。玫瑰万亩，蜜甜花香。大自然是人类疗养院，此地宛如海上仙山，使人心旷神怡，飘然若仙。

至于东沟河湿地公园，戴月景区，荷园景区，绿禾庄园；单县科技馆，单县体育馆，单县博物馆，谢孔宾艺术馆等，各具特色，颇值一览。

单县人热情好客，乐结四海缘。单县名吃多，天下美名传。羊肉汤色白味美，罗汉参清香甘甜。且夫拥有 30 余家高中档酒店，服务周到，舒适安全。

大饱眼福，大快朵颐。畅游单县，收获满满。于是赋诗以赞，其辞曰：

千年古县风光好，百里平川灵境藏。
龙薮开山惊妩媚[①]，狮坊朱院叹沧桑[②]。
琴台怀旧高风慕，故道寻幽逸兴长[③]。
撷取芬芳酿成酒，归来品味醉难忘。

注：此作获"大美单县"诗词征稿二等奖。

家乡美
——题刘宗英家乡照

沿河花锦绣，簇紫又堆黄。
水绿群鱼跃，天蓝众鸟翔。
女儿皆妩媚，男子尽刚强。
观此风光照，忽然思故乡。

大汉村怀古（新韵）

大殿巍峨摩碧空，高墙迢递护行宫。
汉家天子今何在，原野无边麦绿浓。

---

① 龙薮：浮龙湖。
② 狮坊朱院：百狮坊、朱家楼院。
③ 故道：黄河故道。

梁王亭怀古（新韵）

长堤古木抱危亭，梁苑当年文运兴。

宾客盈门俱才俊，相如辞赋傲群英。

浮龙湖油菜花（新韵）

十里金波耀远天，浮龙湖畔菜花妍。

家乡更比他乡美，从此无需去婺源。

浣溪沙·单县诗词学会成立贺词

单父城中梅吐香，高朋满座聚华堂，诗坛盛事帜高扬。　　李杜风流千古在，苏黄事业万年长。漫敲平仄谱华章。

浣溪沙·参加菏泽诗词学会在浮龙湖授予单县"菏泽市诗词之乡"荣誉称号暨建立"创作基地"揭牌仪式

潋滟春波泛画船，诗人兴会乐无前，当年李杜此盘桓。　　聚宝集珍传后世，填词作赋效先贤。吟乡处处百花妍。

游单县终兴镇吕后故里瞻仰吕后庙

女皇生长吕堌村，青史垂名功业存。

辅婿佐儿兴大汉，垂帘听政定乾坤。

奠成文景两朝治，赢得人民千古尊。

祀庙门前香火盛，年年岁岁祭英魂。

孟渚泽老子悟道处（新韵）

孟渚汪洋天地浮，老聃荒岛隐茅庐。
烟波浩淼栖心静，风浪安宁望眼舒。
观水沉思终悟道，骑牛西去始留书。
真经传诵三千载，上善无为绘美图。

孟渚泽李杜高适游猎处

天高风劲野茫茫，秋草丛生狐兔藏。
跃马弯弓驰逐疾，放鹰催犬猎围忙。
获收满地齐歌美，炮炙盈筵鲁酒香。
豪气干云忘宠辱，群星璀璨耀雄唐。

参观湖西小延安张寨感赋（新韵）

圣地秋来禾黍香，女墙环抱旧时光。
菊花笑绽忆烽火，柿果高悬觅战场。
地道机灵袭日寇，河堤勇敢斗强梁。
英雄血沃江山美，后辈辛勤筑梦忙。

◆ 赵勤虎

夕游浮龙湖

乱红写就满湖霞，浩淼丛中起雾鸭。
一棹飞出芦苇荡，清歌俚语入荷花。

注：此作获"大美单县"诗词征稿一等奖。

涞河眺远

春风催雨下龙垓，不际祥云连夜开。
青帝有心施妙手，红妆乘兴遍新涞。
迷离草色侵鹅柳，浩荡晨光落古台。
满眼繁华君莫负，半生空入掌中杯。

三义春羊肉汤品记

小城何物可嘉宾，降帝归朋三义春。
寸骨熬成温玉厚，芊荑盛满雪脂匀。
君如豪气乘歌兴，我有乡思对酒陈。
迷醉街头轻莫笑，隔年回味亦生津。

品茶（新韵）

访道无需问蜀山，闲来觅坐木石间。
钧瓷压雪三分色，古井欺霜一缕寒。
饮尽秋光香入齿，煮开春叶绿生烟。
懒归始悟神仙事，堪挡红尘日月迁。

题赠史公绍贤翁（新韵）

世事苍茫辗转多，浮名历尽已无波。
诗成懒教尘俗看，吟罢且凭岁月磨。
闲避棋牌翻旧卷，漫调音律试新歌。
黄庭若有白鹅事，写就换来佐酒喝。

梦回老宅有记（新韵）

香梦丛中返故园，老宅老室立身前。

临厨枣树满秋子，挥酒家翁适壮年。

对坐无言心底醉，品摘却叹塞边甜。

醒来怅望犹未已，此景此情难再圆！

诗词学会成立逢雨

红绫七尺待新裁，汉水千帆竞欲开。

诗社初成天又雨，一声霹雳报春来。

赴张寨途中

烟柳丛中四五家，冬花未尽又春花。

野翁钓罢斜阳晚，黄犬疏篱起暮鸦。

端午祭游浮龙湖（一）（新韵）

周室崩离九鼎分，神州龙战礼贤焚。

悲歌一曲汨罗散，浩气滔滔传至今。

忆江南·秋风美人图

秋风过，吹起碧罗裙。蝉翼轻纱春梦短，横波粉面又轻嗔，怎不艳杀人。

临江仙·游孟渚泽

五帝三皇存圣迹，汗青几处留痕。青山寂寂对红尘。汉帆逐水去，空剩荷锄人。

苍狗白云多变幻，荒村曾历唐秦。兵戈亦是梦中陈。舜师归隐去，惊乱庙堂臣。

◆ 靳贵法

龙门口

黄河怒吼撞堤开，滚滚洪流荡北来。

漫越太行淹单父，旋崩高埠陷林台。

惊闻銮驾黄袍至，立见龙门白浪回。

苦难凝成神话曲，千年传唱有余哀。

注：此作获"大美单县"诗词征稿二等奖。

四方隋珠

光芒如炬耀澄空，雄立城南汇八风。

脚下平湖通远海，前方大道贯西东。

雨后河堤行

响雷失语蛙声起，瀑雨消停小径泥。

翠叶红花清暑燥，城南柳岸步长堤。

立秋临河自照

水光如镜照愚人，岁月风刀刻褶深。

盛夏狂欢成往事，纵然秋至亦开心。

芒 种

榴火烧红芒种天，烤得麦黄惊杜鹃。
犬吠鸡鸣人起早，欢歌车马去南田。

浮龙湖畔千人古筝展演有吟

昔时宓子独鸣琴，今日千人奏合音。
孟渚涛声和籁曲，浮岗岛景醉人心。

蔷 薇

蔷薇花发动疏篱，交错红黄彩蝶痴。
欲向暮春寻绝句，千须捻断不成诗。

元宵夜游开山公园

霓虹光炫耀，河上起瀛洲。
人海如仙市，璃桥若蜃楼。
灯莲开妙水，神乐绕灵丘。
明月垂天象，运鸿中国牛。

黄河故堤

横卧平原八百年，逶迤千里固河川。
囚龙潭底难兴浪，束兽漕中不乱漩。
蝼蚁能将腰体破，沙包可使骨身坚。
水床移位堤还在，笑看遗滩变沃田。

点绛唇·暮春（冯延巳体）

春暮人慵，日高懒起河边走。叶肥花瘦，柳絮沾衣袖。

幸有丹华，艳丽封花后。频回首，海棠依旧，静待蜂蝶嗅。

临江仙·湖亭观雨（苏东坡体）

天暗湖亭观水景，初莲梦醒方红。鱼儿舞蹈出萍踪。浪摇芦苇荡，雨聚柳烟笼。

暂远书斋偷赏雨，昏花换个明瞳。红尘俗务水流东。眼前皆翠色，云过见晴空。

◆ 刘春晖

参加山东诗词学会诗词培训会感咏

室外寒冬室内春，聆听解惑长精神。

秧苗久旱逢甘露，云翳初开见玉轮。

悟道方知玄理奥，登高更觉物华新。

唐风宋韵多佳趣，灯塔引航诗海巡。

注：此作获"大美单县"诗词征稿二等奖。

赞秦纮

刚直清廉不畏权，一生起伏志弥坚。

弹劾宠贵谁持正，抄点敝衣君赏贤。

除弊上疏安社稷，领兵御敌戍疆边。

功勋显赫人钦敬，青史永垂名斐然。

正月初九诗友聚会感吟（新韵）

诗友欣然聚一堂，推杯换盏共倾觞。
即席朗诵添佳趣，趁酒歌吟讴妙章。
颊面飞霞自无碍，形骸放浪又何妨。
人生能有几回醉，喜幸同欢慰寸肠。

读孙运法老师《璞玉集》感咏

高怀雅韵赋华章，美玉珍珠书内藏。
礼赞英雄扬正气，针砭时弊掷投枪。
胸中锦绣乾坤大，笔底烟霞日月长。
阆苑又添新秀色，仙葩朵朵散馨香。

悼农民诗人谢圣存先生

噩耗忽传群友惊，单州诗苑逝精英。
历经坎坷无颓意，识敬能贤有雅名。
亲近田园终世乐，疏离闹市满身轻。
音容已杳高风在，遗卷长留弹铗声。

新年感咏

腊月初临福，新年又报祥。
风和舒冻柳，梅绽送清香。
列树呈云锦，高楼炫彩妆。
金牛携好运，开岁谱新章。

老君庙

每逢节令客如潮，袅袅香烟上九霄。
信女善男虔跪拜，几人悟道得逍遥？

贺单县荣获菏泽市诗词之乡称号

浮龙湖畔聚精英，共庆诗乡冠美名。
文化传承关国运，唐风宋韵任争鸣。

东舜河即景

一弯静水碧悠悠，无限风光眼底收。
两岸青龙相对卧，谁持明镜映高楼？

定风波·游浮龙湖

假日闲游湖岸行，荷花垂柳水中坪。快艇狂奔如烈马，休怕！有惊无险记平生。

沉醉轻舟人不醒，稍等，阴云骤聚雨相迎。久旱甘霖消酷暑。哪去？衣衫尽湿乐归程。

临江仙·抒怀

物欲横流人易醉，沉迷难辨西东。功名利禄似牢笼，半生疑是梦，成败转头空。

历尽沧桑心未冷，片言难诉情衷。一腔豪气贯长虹，雄心依旧在，仗剑舞秋风。

◆ 朱启东

夜雨寄怀

似有纤柔轻扣窗,惊着美梦夜悠长。

卧听珠雨从天降,遥想花红一院香。

注:此作获"大美单县"诗词征稿三等奖。

吕　后

雏凤娇娇待阁房,父相佳婿沛亭郎。

相夫教子操行惠,伴驾安邦意念强。

亲政临朝功或过,承前继后短和长。

风流一代人称颂,青史垂名歌女皇。

题周自齐

官宦人家书味香,天资聪颖自成长。

登科及第青云步,赴美留洋正义张。

立教清华倡救国,代行总统思存亡。

仕途得意存根蒂,桑梓情深单父郎。

致敬单县交通安检

为避瘟灾设哨岗,交通线上执勤忙。

往来车辆区牌看,出入人员温度量。

细致入微防疫患,一丝不苟保家乡。

病魔鬼魅难藏匿,轻拥春风扑面香。

武汉抗疫感赋（新韵）

荆楚冠毒起祸端，封城禁运举国牵。

专家赴难寻良策，天使辞亲克疫艰。

援助物资八面聚，救灾善款四方捐。

九州万里书真爱，共请长缨战魅顽。

单县一中七十年校庆感赋（新韵）

迎风沐雨历秋冬，桃李争荣硕果丰。

一校四区逢盛世，二直七县享威名。

师资赓续韶华逝，岁月叠加旭日升。

欢庆诞辰今恰是，扬鞭策马赴新程。

注：1.一校四区，单县一中集团化发展，下辖西校区、东校区、南校区和湖西高中校区四个校区。

2.二直七县，菏泽市行政区划为两个市直辖区：牡丹区、定陶区；七个县：曹县、单县、郓城、鄄城、东明、巨野、成武。

教师节歌吟（新韵）

月明星隐伴孤灯，鸡唱晨曦战冷风。

朱笔一支勤阅审，讲坛三尺苦耘耕。

青丝舞动韶华逝，白发飘飞壮志增。

宁舍卑微扶大厦，但求薄智写人生。

沁园春·庆祝建国七十周年（苏体）

七秩华辰，九州欢腾，赤旗娇妍。想嘉兴红舫，飘摇风雨；南昌志士，坚定如磐。湘赣红军，共谋发展，星火燎原攻五关。更欣喜，长征书奇迹，奋杀凶顽。

天安城上宣言，引举世震惊开纪元。看弹云耀世，卫星释放；神舟翔宇，高铁争先。海陆相通，繁荣欧亚，互利双赢谋伟篇。兴华夏，待时光更迭，策马扬鞭。

注：1. 五关，指五次反围剿。

2. 弹云，指原子弹、氢弹的蘑菇云。

舜师单父（新韵）

四泽六水有贤人，德厚才高尧舜尊。

帝位婉辞明道义，与民苦乐隐山林。

老子悟道孟诸泽（新韵）

黄河入鲁水波明，孟渚盈盈百草丰。

皓首老翁人爱戴，临泽悟道撰真经。

老子（新韵）

紫气东来函谷关，青牛相伴入仙班。

无为清净曾传世，布道弘德法自然。

◆ 张文来

单州云桥赞

惊叹开山添美景，玻璃栈道跨西东。

登临俯瞰生豪气，便引诗情到碧空！

注：此作获"大美单县"诗词征稿二等奖。

东方园林即景（新韵）

东舜园林好景观，沙河旧貌换新颜。

天蓝水碧秋风爽，草绿菊黄小径弯。

芦苇滩头闻鸟语，栈桥波上见鱼翻。

驱车览胜芳心醉，日暮霞飞兴更酣！

杨树狗子（新韵）

一树春花映碧空，褐颜虫态貌平平。

味甘蒸菜登华宴，性苦熬汤退疫情。

倩影丽姿图媚世，金妆银饰盗虚名。

抱璞守玉施仁爱，普济黎民立大功。

为王著画像

历任三朝帝国臣，达观通透性纯真。

一篇献赋传千古，不畏强权只为民。

陈勔（新韵）

生于乱世草庐间，寒士登科近圣贤。
为报家国担大任，力惩宦党雪沉冤。

单父（新韵）

开天盘古割昏晓，孟渚祥泽育大贤。
单卷遗风传后世，单州百姓绘鸿篇。

吕雉（新韵）

传奇天后吕娇娥，助汉光兴百战多。
执掌皇权十五载，是功是过任评说。

宓子贱与巫马施（新韵）

孔丘门下两贤丞，执政为民法不同。
戴月鸣琴无好坏，任人任力异曲工。

浮龙湖老君庙（新韵）

先哲自古启鸿蒙，悟道参禅普众生。
老子驾牛歇脚处，烟波浩渺紫云蒸。

单州三台（新韵）

一里三台故事多，众生普度养贤德。
风光独好何为是，李杜高陶在此歌。

注：三台：琴台、晒仙台、天台。

新村夜（新韵）

万家灯火暖如春，笑语欢歌入暮云。

极目天涯星作雨，瑶池仙客羡吾村。

◆ 柴明科

夜游南城公园

南城有苑近边村，夜避繁嚣入掩门。

灯映洞桥石径暖，水连阁榭草芦深。

云亭远上思归雁，芳树低回羡宿禽。

莫叹寻幽无逸客，一人独享满园春。

注：此作获"大美单县"诗词征稿三等奖。

踏莎行·初秋游浮龙湖

岸柳垂丝，蒹葭凝露。遥看尽是溟濛处。平湖楼阁暗生烟，凡间仙境疑无数。

竞渡渔舟，逐飞鸥鹭。荷香频送秋波舞。游鱼只顾纵情欢，谁怜堤上行人妒。

题单县月夜春色

一轮皓月照芳洲，缕缕青丝翠欲流。

莫问春深春几许？更看暖树对明楼。

单州春雪其一

一夜寒风解玉藏，千楼万树换银装。

春无时雨冬无雪，敢问天公何欲狂！

单州春雪其二

雪瓦银楼满素城,梨花遍地玉枝横。

抬头不见行人迹,移步却闻飞鸟鸣。

悼孔凡凯先生(新韵)

寒风悲吼日熏熏,单父文坛痛失君。

虽近仙台黄鹤远,哀歌一曲泪难陈。

题赞四君子酒

自古单州胜帝乡,诗风酒韵最流长。

劝君常饮四君子,不觉人间有杜康。

雨中观南圃有感

天命知春去,勿言老病迟。

熏微从稼穑,日暮读经诗。

拾趣收南圃,品茶归北篱。

而今逢喜雨,物我两相怡。

排律·直臣廉吏陈勖

少小精明誉四乡,几多恭谨几多狂。

缘逢仙吕传佳话,学至功名上玉堂。

冒死弹奸担道义,忍冤负重破冰霜。

阅边严慎三关使,效国廉公一侍郎。

不为浮心移斗志,敢将正气对权强。

忠魂化作青山在,肝胆昆仑日月长。

五排·晓起疫情有思（新韵）

寒夜倏忽尽，晓星残月低。

枝头栖鸟唱，帘外报鸡啼。

望眼思江渚，空怀叹鲁西。

孤闲忧患者，感念致白衣。

况是晴川好，依然芳草萋。

长天风雨后，华夏耀虹霓！

五排·南郊月下独步

徒步近郊村，依稀闭宅门。

空林逢路叟，野径印车痕。

天朗铺霞彩，云疏露月魂。

荒丘生劲草，遗石储余温。

鸟息歌犹在，花明香足存。

纵然清旭好，最美是黄昏。

◆ 郭永良

新村有感（新韵）

农民村改喜盈盈，机械种收耕地增。

入驻新居鞭炮响，家家富裕享和平。

题四君子酒（新韵）

李杜高陶单父行，诗坛佳话久传承。

琴台高奏四君子，美酒香飘千古风。

琴台步月

漫步琴台情韵长,诗吟心绪月吟乡。
乡愁暂寄酒杯里,折桂蟾宫访盛唐。

莱河酒会员联谊有感(新韵)

一品莱河酒溢香,中秋联谊友情长。
举杯共勉鸿鹄志,展翅蓝天任远翔。

重阳节(一)(新韵)

九月秋菊花紫黄,单州大美胜他乡。
莫言人老念怀旧,余热散发增彩光。

重阳节(二)(新韵)

单县传承敬老人,健康长寿祝福音。
弘扬孝道行天下,自古精忠尽感恩。

雨中游浮龙湖(新韵)

浮龙湖畔雾蒙蒙,细雨绵绵水鸟鸣。
莫道秋深寒瑟瑟,烟波浩渺荡渔翁。

回乡有感(新韵)

三月踏青回故乡,难寻松散旧村庄。
新楼座座农家院,柳绿花红更溢香。

大美单县（一）

四省毗连古单州，孟泽碧水几千秋。
百狮起舞褒节孝，诗圣酒仙佳作留。

大美单县（二）（新韵）

居住宜人长寿乡，传承文化善风扬。
莱河佳酿四君子，香芋美食羊肉汤。

◆ 许富强

单县档案馆楼前观牡丹（新韵）

飞霞朵朵笑开颜，仙态十足仙下凡。
绿叶葱茏如碧玉，红英艳丽胜婵娟。
轻捏花瓣柔绸美，近嗅蕊心香气鲜。
富贵娇娆名世上，群芳失色叹连连。

开山公园观梅（新韵）

铁枝芽眼暗藏香，笑靥含羞呈瑞祥。
冰雪严寒生蓓蕾，东风渐暖绽芬芳。
高洁气质多佳句，典雅风格鲜靓装。
自古排名君子首，花中旗手勇担当。

赞单父女杰吕雉（新韵）

谨遵父命嫁刘邦，勤俭持家善事桑。
游说全族齐举义，铲除诸逆共安疆。
承袭基业鸿鹄愿，延续朝纲霸气扬。
大汉绵延几百载，吕皇圣后创辉煌。

辛丑单县园艺路咏柳（新韵）

和风拂起泛鹅黄，摆动身姿媚眼张。
游客迎来听热话，骚人送去赏诗行。
纸鸢掠过急招手，飞鸟栖息缓放腔。
本性多情心有梦，丝绦若碧映春光。

注："热话"是新话题的意思。"放腔"是指高腔戏中一人先领唱，然后帮腔的及各种乐器再唱奏的形式。

庚子腊月开山湖行吟（新韵）

水中映柳泛舟船，四九如春暖意连。
冬鸟啾啾骚客醉，韵声悦耳绕湖边。

开山公园靓景（新韵）

银花火树映公园，仙景玉楼难比肩。
百姓簇拥游客聚，牛来鼠去两重天。

◆ 程长坤

参观李楼新村

步入新村老眼迷，红楼绿树走黔黎。
早知桑梓成瑰丽，何必当初农转非。

注：此作获"大美单县"诗词征稿三等奖。

颂贤宰巫马期（二首）

一

情满胸膛尘满襟，仁心一颗系生民。

二千年后文明裔，犹颂披星戴月人。

二

不见奇招但见勤，栉风沐雨历艰辛。

一腔诚意为民用，两袖清风不染尘。

赞最美少年王媛媛（新韵）

飞来横祸父截瘫，七岁孩提撑起天。

侍父读书勤且俭，孝心一点灿人寰。

陈蛮庄钻井台

罢耕钻井架高台，莫道时人虑事猜。

机器轰鸣惊地母，令其献出黑金来！

湖西公园

不拂东君意，湖西一畅游。

风清花璀璨，林绿鸟啁啾。

吊古翁敲句，登高幼放喉。

欲寻陶令问，孰与武陵幽？

半月台忆宓子贱

岂可终年不下堂，访贤理政走城乡。
事兄事友礼才俊，尊父尊师组智囊。
贤宰崇仁宣教化，黎元击埌颂甘棠。
至今月夜古台上，犹觉琴声余韵长。

瞻仰湖西烈士陵园

三月东风抚柳丝，陵园拜谒步迟迟。
欣瞻塔顶红星灿，默忆英雄喋血时。
绿竹亭前彰劲节，青松墓侧展风姿。
繁花翻作忠魂颂，一曲悲歌启壮思。

咏园林单城

木自欣欣花自荣，园林扮靓单州城。
琴台幽雅堪酬唱，涞水沧浪可濯樱。
经济腾飞趋富裕，文坛活跃写衷情。
蝇营虎唬清除尽，燕啭莺歌颂太平。

忆母校单县师范

暮去晨来廿四霜，怎能过后不思量。
风光似画藏心底，岁月如歌绕耳旁。
四季临窗敲字乐，三余伏案品书香。
奇文注目共欣赏，雅趣凝成友谊长。

鹧鸪天·舜河桥畔

换上春装沐柳风，杖藜漫步大桥东。条条大路车鸣笛，栋栋高楼雁掠空。

莺唤燕，蝶邀蜂，花红草绿木葱葱。春波犹照惊鸿影，谁唱钗头学放翁？

◆ 李勤凡

琴台咏

日照单州云雾开，长虹一道贯琴台。

棽棽松柏掩幽径，滚滚莱沙通远淮。①

侧耳似闻弦奏乐，拾阶更感景舒怀。

游人朝暮争瞻仰，只为宓公德与才。

注：此作获"大美单县"诗词征稿三等奖。

游浮龙湖（新韵）

碧水连天波浪翻，瑶池谁徙故河边②。

阁楼缥缈鸣弦管，欧燕翻飞戏画船。

片片青荷花俶绽，幽幽古刹磬争喧。

栈桥拍浪瀛洲荡③，我欲乘风上九天。

---

① 莱沙，即莱河与沙河，二河并流，中夹琴台。
② 故河：黄河故道。
③ 瀛洲：海中仙岛。此指湖心岛。

咏百狮坊

谁把群狮聚邑头？千姿百态一坊收！

巨狮相吼风云起，雏崽撒娇争绣球。

挥手直疑齐摆尾，呼之更觉尽随游。

当应遣放归山去，莫在长街暴夏秋！

春游开山公园（新韵）

无边楼厦抱开山，碧水一湾荡画船。

松掩亭台鹦鹉唱，花侵幽径蜜蜂喧。

壁镌警句[①]千秋墨，洞演奇韬[②]万世传。

善吕精雕[③]昭日月，浩歌谁不颂英贤。

莱河桥头垂钓

堤杨郁郁笼桥头，碧水悠悠绕苇洲。

背后几多宦贾过，面前一队鲫鱼游。

时闻鸣鹜伴霞舞，静视浮桥荡细流。

日暮收杆归庵去，一壶浊酒泯忧愁。

谒单县段楼清凉寺（新韵）

风铃互唱伴钟鸣，神采佛光度众生。

宝塔凌云接汉宇，殿阁林立吞苍穹。

佛前争跪虔诚女，塔下齐祈不老翁。

只为道佛能拯世，千秋香火自传宗。

---

① 壁镌警句：公园内高筑墙壁，壁上书李白、杜甫等历代名人诗。

② 洞演奇韬：传说包拯在此设计捉妖，今建捉妖洞。

③ 善吕：即舜师单卷与吕后，公园内塑有单卷与吕后雕像。

忆龙王庙塔庙古景（新韵）

朝凝雾露暮生云，高塔凌空驻海神。
一炷香烟能免难，几番膜拜降甘霖。
塔前潮涌虔诚女，庙内云集祈祷人。
最是龙王生祭日，香钱十里向天焚。

咏吕后

竹林墨海书春秋，独让单州一女流。
甘率娘家统举义，乐将天下尽归刘。
三年人质贞洁在，十载掌朝夙愿酬。
汉族汉文汉化远，兀山凤落是源头[①]。

◆ 翟茂福

春日闲逛单邑仙人湖

仙人桥畔客匆匆，石马奋蹄腾暖空。
旭日登楼明铁塔，彩霞潜水戏龙宫。
婀娜嫩柳藏归燕，雄伟陵碑吻挺松。
朗月推波拍岸唱，凭栏邀友共升平。

注：此作获"大美单县"诗词征稿三等奖。

---

① 据传吕后故里潘庄前有一小山，名兀山，凤落而生吕后。

麦收抒怀（新韵）

布谷啼欢芒种忙，无垠麦野铁牛狂。

神州处处传佳讯，籽粒颗颗入伟仓。

粮补惠农催盛景，扶贫助力富家邦。

开天辟地何时有？党政干群笑帝皇。

赞扶贫干部下乡慰问留守老人（新韵）

经年辗转稻粱谋，独摺老娘窃自羞。

幸有扶贫勤探访，诚应赋曲竞歌讴。

温言细语殷殷唤，精粉食油每每留。

遥望故乡心感慨，中华处处远愁忧。

单父古邑（新韵）

千年古邑旅文宗，半月台歌李杜风。

吕雉权谋威汉室，戚姬翘袖艳朝廷。

从容宓子鸣琴治，勤勉施君戴月匆。

荟萃人文开万世，物华天宝泰康城。

农家临秋（新韵）

又是秋风吹谷黄，农家院落更风光。

朱窗黛瓦添村美，绿叶红花孕籽香。

户望乡邻田穑事，街观广场舞裙扬。

帝皇自古多恩寡，怎比当今福乐长。

◆ 张若良

故土单县（五首）

其一

地处平原物阜丰，文明礼乐八方融。

舜师夜月鸣琴治，子贱清风佩印躬。

畅饮高陶留墨宝，狂歌李杜弄云风。

悠悠古迹千年韵，后辈蒙荫享大同。

其二

故道黄河润雅风，牌坊石刻透玲珑。

开山异卉埋幽径，戴月丛萱掩老翁。

喟叹池荷生粉玉，犹惊阆苑映丹红。

牵肠最是东沟柳，万缕垂丝系短蓬。

其三

四省通衢古单州，诗心雅韵意难酬。

琴台映水千年月，枸杞穿墙百度秋。

缓缓涞河翻细浪，翩翩岸柳钓飞鸥。

羊汤一碗生乡恋，已忘人间有别愁。

其四

浮龙浩渺嵌平川，丝竹轻歌起画船。

待客须斟君子酒，吟诗欲效古人贤。

莺飞柳岸听风语，月照花亭醉岛眠。

琐事抛开应一笑，平生惬意对湖烟。

注：此作获"大美单县"诗词征稿三等奖。

其五

单卷民风品若金，工商党政爱犹深。
扶贫洒汗家乡土，致富牵头故里金。
鸟语千枝添福寿，联吟万户献高心。
康庄大道同携手，父老频传捷报音。

游单县甜湖公园

自古名流士子乡，丰碑镌刻好文章。
拂堤柳映清波绿，隔岸风吹野草黄。
引向湖心亭一座，延伸石径树千行。
春归且待生机满，定是花飞蝶舞忙。

◆ 程文瑞

春雨梳心

细雨和风湖岸游，仙人桥畔系兰舟。
亭台烟柳濛濛里，好放寸心归自由。

注：此作获"大美单县"诗词征稿三等奖。

故乡春景

我来故里好舒然，二月春风醉麦田。
野雉两三飞丽尾，垂髫嬉戏放丝鸢。

春日归里（新韵）

今朝归里探春风，北垄南畦麦返青。
野草路旁新叶嫩，杏花才落碧桃红。

春夜听雷（新韵）

单父新正似锦裁，开山吐翠舜河开。

可怜元月十七夜，滚滚春雷自北来。

登 高

天高云淡雁南翔，九月开山菊正黄。

碧水长亭君子酒，与谁华发共重阳。

归故里

——应旧朋之邀，回故里小酌。

久旱逢甘露，乡朋宴旧家。

南林摘蕈苋，西壑网鱼虾。

傅叟频筛酒，司翁累续茶。

雨酣人半醉，乘兴话桑麻。

久别重逢（新韵）

——单师毕业，四十年后握手单州，感怀纪之。

四十年来风雨摧，天南地北总相违。

当年秋试初携手，今日冬藏共举杯。

深感恩师勤教导，敬交益友久追随。

良辰喜聚逢初雪，济济一堂热泪飞。

庆单县诗词学会成立（新韵）

百蛰惊醒赖雷神，夜雨如霖万象新。

乘兴骚人开盛宴，高陶李杜共金樽。

◆ 王同光

颂单县新中医医院
中医新院展辉煌，亭榭楼台沐药香。
济世悬壶千载利，成方有草百科昌。
望闻问切消灾痛，守正创新立院纲。
扁鹊华佗今尚在，国强民健享安康。

听　夏
青蛙溪岸鼓铿锵，远处欢歌颂太平。
不倦群蝉加劲唱，哗哗骤雨和雷鸣。

炫美夕阳颂（新韵）
晚霞靓丽照尘寰，炫美夕阳吻黛山。
茶酽酒醇添乐趣，悠然欢度耄耋年。

立春感怀（新韵）
春临齐鲁暖回升，精准扶贫惠众生。
动地感天寒气退，九州处处意融融。

◆ 郭志杰

开山晚景
舜水穿流碧若空，双桥横架贯西东。
桃花蕊戏河边柳，菡萏风摇月下亭。
缛彩笙箫更漏暗，繁光曼舞篆烟明。
天街陨落红尘里，谁为风中伴鸟声。

注：篆烟，原指盘香的烟楼，借指景区周边的楼房。此作获"大美单县"诗词征稿三等奖。

在党五十年有感（新韵）

金章闪闪挂胸前，永记当年立誓言。
半世教书播雨露，一生育栋树芝兰。
迎冬送夏头成雪，伴雨携风鬓染斑。
筑梦何妨伏枥志，扬蹄老马又着鞭。

开山晨景（新韵）

旭日朝霞映碧潭，玻璃栈道半空悬。
林披彩露开山翠，蝶恋花丛百果鲜。
湖畔瑜伽风摆舞，长廊极剑气生寒。
忽闻对岸长笛起，诗意人生醉柳烟。

◆ 卢尚举

游莱河公园

光阴荏苒又逢春，漫步闲游至水滨。
嫩草成茵铺锦绣，繁花竞艳送芳馨。
黄莺婉转鸣幽树，紫燕盘旋绕茂林。
两岸清风拂翠柳，一泓碧色映白云。

注：此作获"大美单县"诗词征稿三等奖。

祭烈士陵（新韵）

春风夜雨沐园林，翠柏青松草木新。
仰望高碑生敬意，沉哀烈士祭忠魂。

◆ 刘学刚

点绛唇·赏百亩油菜花开

百亩芬芳，日晖一色铺金路。风声笑语，花浪无重数。

梁祝双飞，自在丛中舞。情如故。来年何处，唯愿同春住。

临江仙·党组织领办农民合作社

墟里斜阳浅照，山间莺懒封喉。门前烟斗鬓双秋。地荒天亦老，何处寄乡愁。

定向领航追梦，黎民持股同舟。再将天地细相酬。田园铺锦绣，黄土绽风流。

◆ 耿金水

单县月牙湖（新韵）

月牙湖卧鲁西南，单县城郊弯又弯。

妹有风情游客赏，姐居天上照人间。

◆ 叶兆辉

游单县

中原馀古邑，千载谱传奇。

孝悌闻巾帼，温良怀帝师。

骑牛曾布道，把酒亦吟诗。

惠政光齐鲁，风华胜旧时。

◆ 于虹霞

赞单县新农村建设（孤雁入群格）

郭外清溪浅，幽香时得闻。
早田铺绿锦，新墅染彤云。
柳叶烟中薄，桃花粉欲醺。
东风吹渐渐，是处武陵春。

◆ 罗　伟

孝善单县

单父曾居此，千秋德泽传。
邦风皆重孝，乡俗固尊贤。
日出莺花里，人娱箫鼓前。
万家和气溢，乐在太平年。

◆ 梁兆智

游琴台感怀（新韵）

鸣琴而治铭青史，李杜吟歌曾此行。
古汗甘泉存底蕴，四君豪气溢真情。
千年遗韵浓如酒，单县风光美若虹。
喜看今朝凝众志，娥姁故里向昌兴。

浮龙湖之春（新韵）

岸上莺飞紫燕还，澄泓碧透柳含烟。
湖心岛似舟一叶，波面光如鳞万千。
信是有龙潜在此，终将布雨跃于天。
游人接踵春风暖，无限生机正盎然。

◆ 于志亮

单县咏赞

休言古邑少仙姿，舜帝存诚一世师。
落落黄鸡萦敝野，昂昂彩凤撼高枝。
浮龙故道连云去，入画青羊唱日驰。
借问他乡来远客，相逢可醉四君词？

注：颔联用英后吕雉典，"萦""撼"也可理解为谐音"嬴""汉"。颈联分别指浮龙水库（或浮龙湖）、黄河故道以及单县盛产的青山羊。尾联"四君"既指陶沔、李白、杜甫、高适这四位曾登单县半月台饮酒赋诗的好友，也可指单县名酒四君子酒。

◆ 聂振山

开车携老父母去单县品羊汤

殊味飘来缕缕香，欣怀顿念慰爹娘。
谁盛十里东沟水，煮得一锅羊肉汤。
车首向云飞恨慢，寸心似火路嫌长。
秋风莫笑我曹傻，单县闻名本孝乡。

◆ 张立芳

四君子酒

古艺新研出玉浆，人间况味此中长。
鸣琴而治临台忆，对月轻吟沽酒忙。
斟满先贤多少梦，醉红盛世万千觞。
甘泉酿就诚和信，单父飘来君子香。

过单县

云在高天大厦摩,车行道远任飞梭。

清风飒起扶红日,老柳新裁钓碧波。

才绽小花扬笑脸,停飞悦鸟看什么。

乖孙领着爷爷唱,一首循环孝德歌。

临江仙·单县党建扶贫

力拔穷根勤播梦,春花秋果飘香。丰收何止看粮仓。更猪肥蛋白,美味出家乡。

扶得民生希望满,又扶孤老安康。清风拖影瘦时光。自身何所有,最富是情长。

鹧鸪天·单县新吟

蜕变重生志在人,秉从党建涨精神。翻身日子扶楼起,领路头羊带梦奔。

春色又,德风匀,垂钓鹤发伴乖孙。此中情味无穷尽,除却桃源谁与论。

单县农家油桃致富

老树新裁碧玉妆,党恩甘露泽情长。

初心展叶托红梦,惠政扶花向丽阳。

结得小康甜蜜蜜,网来远客眼望望。

大桃热卖高标立,单县农家挺脊梁。

◆ 刘灿胜

单县百狮坊

牌坊伟矣路中央,泪断女人春色光。

节孝若能狮子守,何须法律立规章。

注:此作获"大美单县"诗词征稿三等奖。

朱家大院(新韵)

历尽沧桑衰与兴,高墙碧瓦锁曾经。

后花园里黄鹂鸟,犹为朱家鸣不平。

◆ 张 鹏

谒湖西革命烈士陵园

百里驱车来单县,陵园谒处意悠悠。

塔铭烈士云长驻,阁纪英雄水不流。

岂许乾坤沦敌手,敢将生死决雠仇。

年年到此人无数,一种精神励九州。

◆ 李跃贤

沁园春·大美单县

绿色平原,典雅古城,美丽单州。望田畴凝画,群芳吐秀,云帆逐浪,百舸争流。水库浮龙,碧湖翔鹭,蜃景神奇鸟放喉。缤纷处,阆联花映日,君子吟讴。

黄河故道驰眸。蓬莱境,闲鸥画里游。悦粮棉筑梦,镇村换貌,滔滔业绩,缕缕乡愁。贫困清零,小康在握,人旅繁荣诗满楼。怀豪迈,正宏图彩绘,引领龙头。

注：1. 古城：牌坊古城；2. 单州：单县别称；3. 君子：四君子（李白、杜甫、高适和陶沔）。

赞单县扶贫攻坚

饮露餐霞笑语温，两行足迹伴黄昏。

勇担重任传春意，牢记初心送党恩。

贫困清零铺富路，镰锤烁火割穷根。

单州换貌山河秀，老叟开怀高举樽。

注：单州——单县别称。

◆ 高怀柱

浮龙湖访友人村

人传微信至，邀我至村中。

才过荷花水，又经柳树丛。

问居垂钓者，吹面拂香风。

遥指榴红处，层楼半映空。

冬日访农业科技村

步出寒风外，身临春色中。

田园如梦幻，科技换时空。

果结随心赏，花开映面红。

行行言不尽，处处话兴农。

浮龙湖生态管护员

培红养绿寄深情，力护芳菲处处生。
花圃溢香晨与暮，林荫透爽雨和晴。
悠悠飘过云皆碧，静静流来水更清。
四季风光尽春色，鸟儿婉转向人鸣。

鹧鸪天·扶贫第一书记

胸有深情爱最真，热窗冷炕住乡村。问贫夜访南邻叟，帮富晨登北里门。

双脚雨，两肩尘，田园绿映小楼新。数年创业难分手，憨叔牵衣似泪人。

◆ 郭小鹏

诗意单县（新韵）

一路行来近忘还，文明根脉润心田。
童学书画琴棋乐，叟写诗词曲赋联。
自有帝师留圣绩，岂无我辈继先贤？
这杯酒敬天和地，此刻窗前月正圆。

◆ 李义功

西江月·大美单县

四省通衢要地，千年润泽农乡。湖光塔影韵悠长，齐鲁西花绽放。
高寿闻名华夏，羊汤独具芬芳。百年奋进铸辉煌，使命初心不忘。

◆ 张秀娟

大美单县

善政催红蕃柿乡，湖西今日好名扬。

春风吹绽花千朵，澍雨滋开画一张。

齐颂楹联生活美，轻移鼠步订单忙。

文明提速跟时代，早把贤才晒上墙。

◆ 吴成伟

咏单父（新韵）

得道修行尧问政，有德知让舜尊师。

逍遥宇宙心无碍，淡视浮名世所稀。

注：单父，单县，因舜帝之师单卷（单父）居此而得名。

◆ 张树路

过单县饮四君子酒

单州何壮哉，羁旅慕高才。

欲唤四君子，共吟半月台。

瑶琴资啸咏，逸响动蒿莱。

挥碗且斟酒，大风扬九垓。

注：单县别名单州。

◆ 侯 洁

浮龙湖春韵（新韵）

熙天碧水入眸深，七彩霞光万点金。
红染娇娆桃蕊俏，绿描袅娜柳枝匀。
何来平地丰珍物，因有浮龙布澍霖。
江北西湖芳誉久，几多墨客复讴吟。

浮龙湖春韵

水岸莺飞丽蕊稠，一湖碧透醉明眸。
弯弯蹊径茵茵草，浩浩烟波点点鸥。
君子酒斟君吉梦，月牙潭映月娇羞。
和风频送春消息，诚请宾朋胜地游。

◆ 蔡浩彬

沁园春·单县新发展感赋

　　齐鲁光华，百载峥嵘，放眼单州。记幵山霞曙，莺声袅袅；浮龙桃浪，词意悠悠。云涌湖西，帆扬赤帜，葆我初心事可酬。情慷慨，有轩昂儿女，携梦行舟。

　　丹青擘画城楼，喜白鹭黄鹂竞自由。看人文共振，小康气象；英雄引领，古邑风流。武术之乡，帝师宝地，德政铺春岁月遒。歌吹起，望黄河故道，星火如稠。

◆ 鲁海信

美赞单县（通韵）

三十旷载临单父，醉意依然绮梦中。
舜帝寻师成伟业，牌坊彰义指苍穹。
羊汤缕缕溢香气，唢呐声声飘碧空。
青史辉煌綮雅韵，新征奋起展飞鸿。

赞单县牌坊

单父古来雅韵悠，明珠璀璨数牌楼。
鹤翔狮舞千姿丽，气势恢宏誉五洲。

◆ 于明华

大美单县赋

帝师故郡我重游，遍处新颜满目收。
雨润禾蔬滋绿叶，文彰孝德屹牌楼。
古贤遗韵多吟颂，今士倾情更奋求。
乐见民勤弘远志，小康路上再争优。

春到浮龙湖（新韵）

春熙和暖柳莺欢，喜望浮龙碧水涟。
携友行吟多敞亮，撑竿垂钓好休闲。
湖平绰见群鱼戏，风艳舒扬众色添。
倚岸相斟君子酒，邀杯共醉月牙潭。

◆ 王志刚

四君子酒感赋

单父清幽半月台，高陶李杜共曾来。

吟哦诗句芳千世，古酒流香遍九垓。

注：高陶李杜，是指高适、陶沔、李白、杜甫。

◆ 张德民

单县百狮坊

儿时闻单坊，天下绝名扬。

今日始观览，夙因得以尝。

百狮蹁起舞，十兽列成行。

空镂石笼鸟，翘头思故乡。

注：十兽，古建筑屋脊上的神兽。

◆ 张效宇

古牌坊下怀思（通韵）

古县牌坊天下名，寿狮凌架话曾经。

精雕细刻玲珑韵，咏孝吟节浩荡风。

勿望龙门云悦舞，且闻寒舍草悲倾。

文明永继新图拓，国富尤怀百姓情。

◆ 张新荣

秋游浮龙湖（新韵）

一路风光望欲迷，浮龙湖景惹人痴。

伊人荡桨秋波里，诗兴横穿故道西。

琴台遐想

诗圣诗仙此地游,琴台畅赋那年秋。

如今我自访名迹,可借诸公韵一丢?

注:一丢,即一点。

浮龙湖公园晨行(新韵)

霞映晨光照野汀,廊桥水榭布丹青。

两堤树色分红日,一道溪流绕绿城。

翠鸟啭开新气象,芦花摇起早秋声。

回眸沿岸垂纶者,齐落千竿钓太平。

◆ 马庆生

浮龙湖怀古

浮龙湖渌柳连堤,恰恰荷花并蒂期。

犹见残垣哀断壁,道音起处落怀思。

◆ 于志超

鹧鸪天·单县记忆

1983年仲秋,余参加省卫生厅医疗设备配备考察组去单县,记忆犹新。

满载晴光陌路行,几多笑脸喜相迎。一株老树穿墙出,十里秋声洗耳听。

坚意志,向光明。丰碑昂立志雄鹰。我来碑下曾留影,难忘乡亲那份情。

注:上片第3句,记得长街上一户人家院内古树穿墙旁逸斜出,奇观。下片第3句,街头广场有鲁西革命斗争纪念碑。

◆ 王克华

观百狮坊感怀（通韵）

岁月悠悠万事迁，神姿若往总依然。
历经多少风和雨，宠辱难惊看世间。

◆ 管恩锋

鹧鸪天·牌坊古城

座座牌坊追日光，几多故事石中藏。
斑斑金寿雕门壁，栩栩雄狮哮玉梁。
忠节孝，显华章。黄河古道韵流长。
兰梅松竹街衢律，单父高吟归本乡。

◆ 吴立武

颂单县（通韵）

几度同行游古邑，迷人故事越千年。
四君子酒香醇顺，半月台琴亮韵甜。
精致牌坊天下妙，舜师单父美名传。
征程万里今开启，共奔康庄绮梦圆。

◆ 王宝俊

喝青山羊汤有感（新韵）

山清水秀育青山，汤肉香醇始回甘。
愉悦心情延百寿，流连单县忘回还。

◆ 刘芝兰

大美单县印象（通韵）

千年古县百狮坊，吕后原籍点点光。

君子酒香传四海，十多美景任徜徉。

◆ 马建军

单县羊汤天下奇

单县羊汤天下奇，养生长寿美颜姿。

一箪成就汉高祖，三碗挥毫太白诗。

大美单县

高蹈先生舜帝师，汉王英后踞丹墀。

鸣琴奏瑟宓公贱，戴月披星巫马期。

叠翠浮龙书德政，含烟画舫赋新辞。

四君单父赞菏泽，一碗羊汤三百诗。

◆ 孙忠生

雨过庭春

丝丝细雨洗纤尘，小院云开顿有神。

嫩草含羞添稚气，柔枝抱翠吐芳津。

莺潜密叶声啼婉，蝶伴香花舞曼真。

老朽书斋闲不住，驰毫剪下一庭春。

慎 言

尊前寡语非孤僻，信口无羁自绝时。

鸡肋退兵招酷祸，棋盘杀马赴阴司。

青山侧耳谈多戒，大地回声话少欺。

细数红尘千古恨，狂言半句入雷池。

◆ 孙传仁

于单县龙王庙古迹遗址保护性重修座谈会上

重修研讨正当时，螭出井中今古知。

老寨凌空耸高塔，平川坐地树雄祠。

行云布雨为黎庶，走海穿江无漏卮。

生在龙乡做龙裔，嘉霖常沐奋飞时。

水龙吟·单县龙王庙感赋

悠悠千载流光，梳成绿野无际。蓦然回首，巍巍相映、宫祠庙宇。高祖当年，丰西泽畔，挥剑蛇毙。诏画龙祈祭，耕云播雨。惠黎庶，泽天地。

历历风华犹记。更当今，辉煌时日。单城之左，中原名镇，物丰民裕。四省毗邻，八方辐辏九州交易。向未来，旗鼓大张，直奔小康去！

◆ 陈允全

观单县龙王庙古塔遗迹有感（古风）

巍巍宝塔曾凌空，重重九层傲苍穹。

古塔损毁存遗迹，空留基坑伴日星。

当年斩蛇始有寺，今建丽乡再振兴。

梵塔朝晖龙王庙，万里飞云唱大风。

学习谷文昌有感

不畏艰辛不怕难，谷公业绩万人传。

造林植树施德政，蓄水修堤灌旱田。

教育家人守规矩，关心弱者恤温寒。

人民书记人民爱，一座丰碑矗世间。

落叶（新韵）

落叶如花遍地金，化泥蓄锐待来春。

花开花谢循天道，时序轮回复展伸。

◆ 赵统斌

晨练抒怀（新韵）

一

薄寒渐去晓风清，片片彩云偕月明。

梦破秋冬残睡里，霜禽着意为谁鸣。

二

草径披霜几逡巡，风铺黄叶地生金。

收拾秋露还冬雪，遥寄高天月一轮。

采桑子·春夜喜雪

东风夜放花千树，不是梨花。胜似梨花，万里长空舞玉纱。

一临琼宴辄惊梦，天涌云霞。地育新芽，满目青葱无际涯。

◆ 王运思

八声甘州·贺菏泽市诗词学会第二届会员代表大会召开

望高天碧野共清幽，雅颂动曹州。正莲河诗萃，柳行韵缀，林草悠悠。弹指十年又五，词兴绕层楼。掬露意犹远，鼓瑟凝眸。

漫忆昔时岁月，羡唐风宋韵，诗梦难休。赋浮龙湖上，浩浩淼沙洲。眺夕阳、长堤渡口。觅丹园、诗友写风流。襄宏举，托飞鸿志，平仄千秋。

永遇乐·菏泽"两会"感赋

云映菏山，冰融宝地，风光无限。岁月如歌，嘉辰盛会，任重宏图展。古城佳处，初心永结，使命志存高远。赋新篇，霞飞冬月，暖风沃野吹遍。

天涯寄客，欲寻归路，今古赵王河畔。情满丹乡，梦追水邑，文典诗章绚。楼群花海，城堤亭榭，胜景悠游惊叹。一时望，机场高铁，彩云正灿。

◆ 卢　明

致广赋兄（新韵）

近年何事最开颜？迈步文坛遇老钱。
论艺有才无所限，投缘无话不能谈。
五车学问联千卷，一点灵犀透两端。
知己何须别处觅，飘来琴曲是高山。

咏松（新韵）

避寒红叶纷纷去，唯有青松耐苦冬。
骨硬能将风顶住，性坚可待雪消融。
人前敢笑飘篷转，脚下长求根柢丰。
难解春花争小宠，是真伟岸不须评。

◆ 刘 娟

水调歌头·贺菏泽市诗词学会第二届会员代表大会召开

十载坎坷路，奋笔胜耕牛。家山朋友，咏唱相和得宽忧。几度身心负重，无限情怀致远，声韵寄曹州。事业诗书里，何处不风流。

文武地，平生志，与时谋。喜迎盛会，遥看沃野正横秋。江海推波助澜，伯乐识贤荐举，接力献还筹。唐宋多佳句，今夕更层楼。

柳 絮

春入城门柳上楼，碧丝千结自收留。

寻亲不到长城外，最似浮云一路愁。

◆ 薄慕周

浣溪沙·元宵节即景

火树千株试比高，红灯万盏竞妖娆。你飞我舞唱声娇。望月圆圆如玉镜，看星亮亮似蟠桃。腾身折桂到云霄。

江城子·拓荒牛印象

吃蒿饮露也风光，颈伸长，腿高扬。下地踏坡，迈步韵铿锵。细作精耕多少遍，行万里，醉千仓。

披星戴月务农桑，爱开荒，住穷乡。蹄下土中，汗水透清香。酷暑严寒年复岁，衔落日，吻朝阳。

◆ 田艳丽

三百年之砖木古楼

遍地秋烟访古楼，沧桑坚毅一齐收。

墙砖风剥痕罗眼，鸳瓦霜滋芜出头。

战火曾烧八年满，水灾又致万民愁。

兴衰荣辱年三百，依旧从容将客酬。

贺菏泽市诗词学会第二届会员代表大会召开

九曲黄河发浩波，为谁拍岸为谁歌？

秋空霁雨浮云少，菏泽吟坛喜事多。

玉律凝情邀圣手，墨花叠韵集诗箩。

抒情言志蓝图绘，时代强音绮梦驮。

赠密友牟凤霞

胸中何事乱如麻？夫婿温和信有加。

莫使闲情扰清趣，应怜挚爱富万家。

街头俚曲当茶饮，尘世悲歌涤凡哗。

历尽苦寒春意在，从无冰雪误梅花。

◆ 魏运荣

鹧鸪天·宋江湖

一泊烟云锁旧踪，当年豪杰入鸿蒙。轻舟破浪惊双鹭，绿树青屏列九宫。

鱼自在，鸟从容，清风写意笔朦胧。林间鸣唱云舒散，折叠诗词装信封。

鹧鸪天·"两会"感怀

彩笔勾描菏泽图，红旗招展舞如初。国歌唱响群英会，民主开通智慧途。

心激越，梦复苏，长征路上赖鸿儒。且吟水调歌头贺，馆起清辉沾墨呼。

◆ 贺文彬

无　题

百花凋谢菊花香，松柏披霜亦久长。
吃尽人间万般苦，迎来岁月绽华芳。

入党五十年咏

光荣在党五十年，初心不变永向前。
毕生为公倾肝胆，无怨无悔苦作甜。
莫道残年夕阳晚，微霞红透半边天。
镰刀斧头铸宏愿，小车不倒不歇肩。

◆ 张广新

赞党百年华诞（新韵）

建党百年整，神州换了天。
为民伟业创，信仰重如山。

万众齐颂共产党（新韵）

挥拳砸碎不平世，抬手开出新纪元。
伟大英明万众颂，征途再踏永登攀。

东沟河赏荷

芙蓉出水女儿面，万朵荷花唇染红。
雨撒珍珠落碧叶，风吹河面撩浮萍。
野鸭嬉戏掠飞燕，知了欢歌舞蜻蜓。
花落纷纷逐水去，"不染"千古颂英名。

◆ 朱建忠

咏　竹

置身山崖与林园，高风亮节折众贤。
骄阳似火根弥壮，冰封大地骨尤坚。
品齐三友并松梅，德配君子水中莲。
虚怀若谷刚有节，清风明月伴琴弦。

湖畔（古风）

东风留处看繁枝，次第花开正当时。
习惯斜依岸边柳，满湖春色满湖诗。

踏春有感（古风）

东风劲吹花似海，万众勠力驱阴霾。
疫情难阻春烂漫，曙光似火铺天来。

◆ 王英稳

初春垂柳（古风）

春风又吹杨柳岸，万物复苏春光妍。
垂柳披发绿色新，疑似仙女舞人间。

秋游浮龙湖（古风）

秋凉丝雨雾蒙蒙，浪推碧波露娇容。
船楼眺望晚秋景，亭台红叶烟雨中。

◆ 苏克新

夜雨幽梦

一帘旧梦在东楼，夜露寒蝉渐老秋。
举目凌霄歌雁阵，西湖柳畔不须愁。

夜梦呓语

夜风清爽意正酣，痴临怀素人无眠。
病体沉疴何足惧，烈士暮年勇向前。
金风横吹依时序，一荣一枯属自然。
花谢叶落莫惆怅，大河东去长浩然。

◆ 谢圣月

贺永良兄《诗赋中药》书成（新韵）

神州百草著文明，华夏长河多灿星。
经典妙方排苦难，医学宝库又添丁。

杨絮（新韵）

朵朵絮飞入砚池，随笔入纸写丹枝。
进室无语评长短，墨手择豪作画迟。

题牡丹（新韵）

雍容华贵万丛花，白卉园中气质佳。
张画罗诗都是客，尽帮春月采红霞。

◆ 朱叔康

登梁孝王台怀古（古风）

长堤筑高台，烟笼碧云来。
梁苑三百里，久已作尘埃。

再登梁孝王台（古风）

十里长堤烟雨来，朝霞西照笼翠埃。
百里梁苑今不在，信步悠然登高台。

辛丑仲夏，叔康再登单州梁孝王台遗址而作。

◆ 段翠兰

鹧鸪天·游单县随笔

舜步当将单父酬，清明德政世传留。浮龙问道集双圣，半月鸣琴会四俦。

湖湛湛，岁悠悠，百狮百寿述春秋。明珠闪耀辉江北，试看云帆挂九州。

鹧鸪天·游浮龙湖

万顷浮龙秀水长，熏风阵阵抚腮庞。栏桥曲架悠闲走，画舸鎏金喜气扬。

天寥廓，地飘香。老君庙处酒缸藏。玲珑双塔花丛艳，凤翥龙翔单父乡。